www.ingramcontent.com/pod-product-compliance
Lightning Source LLC
LaVergne TN
LVHW010801051026
849532LV00007B/2426
* 9 7 8 9 3 5 8 7 2 3 3 3 5 *

پرندے

(افسانے)

جوگندر پال

Parinde *(Short Stories)*
by: Joginder Paul
Edition: November '2024
Publisher :
Taemeer Publications LLC (Michigan, USA / Hyderabad, India)

ISBN 978-93-5872-333-5
9 789358 723335

کتاب	:	**پرندے** (افسانے)
مصنف	:	**جوگندر پال**
صنف	:	فکشن
ناشر	:	تعمیر پبلی کیشنز (حیدرآباد، انڈیا)
سالِ اشاعت	:	۲۰۲۴ء
صفحات	:	۱۵۰
سرورق ڈیزائن	:	تعمیر ویب ڈیزائن

فہرست

پرندے

بسے ہوئے لوگ

میرے ناول کے ہیرو اور ہیروئن دونوں مجھ سے ناراض تھے، کیوں کہ جب ان کی شادی کے اسباب آپ ہی آپ عین فطری طور پر انجام پا رہے تھے تو میں نے ان کا بنا بنایا کھیل چوپٹ کر دیا اور اپنی ترجیحوں کو ناول پر لاد کر انھیں آخری صفحے تک ایک دوسرے سے جدا رکھنے پر اَڑا رہا۔

مگر وہ دونوں تو موقع کی تاک میں تھے۔ ایک دن نظریں بچا کر اچانک غائب ہو گئے۔ میں نے ناول کے مسودے کی ایک ایک سطر چھان ماری اور ہر مقام پر انھیں اپنے ناموں کی اوٹ میں ڈھونڈتا رہ گیا۔ وہ وہاں ہوتے تو ملتے۔

مجھے بڑا پچھتاوہ محسوس ہونے لگا۔

اگر وہ مجھے کہیں مل جاتے تو میں فوراً ان کا نکاح پڑھوا دیتا۔ مگر اب کیا ہو سکتا تھا؟——

میں منہ سر لپیٹ کر پڑ گیا۔

آپ حیران ہوں گے کہ کئی سال بعد ایک دن وہ دونوں بہ اتفاق مجھے اپنے ہی شہر میں مل گئے۔

نہیں، وہ مجھے بڑے تپاک سے ملے اور اپنے گھر لے گئے۔

میرے ناول کے پنّوں سے نکلتے ہی انھوں نے اپنی شادی کی تدبیر کر لی تھی۔ اور اتنے سال بعد اب تین پھول جیسے بچوں کے ماں باپ تھے اور ان کا گھر بار خوب آباد تھا۔

نہیں، انھیں اپنے سنسار میں اس قدر پھلتے پھولتے پا کر مجھے حوصلہ ہی نہ ہوا کہ انھیں

اپنے ناول میں لوٹ آنے کو کہتا۔

◆◆◆

کارگل

پہاڑیوں کی ایک کھونٹ میں دولاشوں پر نظر پڑنے پر عبدل دبے پاؤں ان کے قریب چلا آیا۔ ایک ہندوستانی فوجی تھا اور دوسرا پاکستانی مجاہد۔

دونوں کی بندوقیں ان کے درمیانی فاصلے میں گری پڑی تھیں، مگر عبدل کو بندوقوں سے کیا غرض؟ بندوقوں سمیت کبھی پکڑ دھکڑ میں آجاتا تو فوج اسے بھی کوئی مجاہد سمجھ کر دھر لیتی۔ سب لوگ گاؤں چھوڑ کر بھاگ گئے تھے مگر اس نے وہیں کہیں پہاڑوں کے اندر کسی مخفی شگاف میں آ پناہ لی تھی اور اسی مانند موقع ملنے پر لاشوں کی جیبوں سے کام کی جو شے بھی اس کے ہاتھ لگ جاتی، اللہ کا شکر ادا کر کے اُسے اپنی جیب میں محفوظ کر لیتا۔

مجاہد کی اندرونی جیب سے اسے کسی بچے کی تحریر میں ایک چٹھی ملی، مختصر سی طفلانہ تحریر کی اڈی ٹیڑھی شبیہ پر مسکرا کر وہ اسے پڑھنے لگا—

پیارے ابو، السلام علیکم، کل میری سالگرہ تھی، مگر کیا پتہ، تم کہاں چلے گئے ہو؟ اس لیے میں اور امّی سارا دن روتی رہیں—

برفیلی ہوا کی سائیں سائیں میں ٹھٹھر محسوس کر کے عبدل ہندوستانی فوجی کی جیبوں کی طرف متوجہ ہو گیا۔ فوجی کی باہری جیب میں ہی اسے ایک ننّی سی نہایت خوبصورت لڑکی کی تصویر ملی۔

بھولے بھالے چور کو حیرت ہونے لگی کہ مجاہد کی بیٹی کی یہ تصویر ہندوستانی فوجی کی جیب میں کیسے آگئی۔

◆◆◆

ایک بار پھر

''جب آپ کا راکٹ کرۂ زمین سے باہر خلا میں پہنچا تو آپ کو کیا محسوس ہوا!؟''
''مجھے محسوس ہوا، خدا نے ایک بار پھر مجھے جنت سے باہر نکال پھینکا ہے!''۔

◆◆◆

ہیرو

میں اور کیا کرتا؟

ہمیں اپنے نئے فیچر فلم کے لیے چند نئے چہروں کی ضرورت تھی اور ہماری فلم کمپنی کے مالک آپا صاحب نے مجھ سے کہہ رکھا تھا، دوسرے کسی بھی رول کے لیے جسے چاہو رکھ لو، مگر فلم کا ہیرو میرا اپنا آدمی ہی بنے گا۔

آپا صاحب کا اپنا آدمی خصلتاً ولین تھا اور حالاں کہ ہمارے فلم میں اس کا ہیرو بننا بالکل طے تھا، پھر بھی مجھے شاید ذہنی طور پر بدستور ہیرو کی تلاش تھی، یا کسے معلوم، کیا؟ میں نے کیا کیا کہ اپنی رو میں ایک ایسے نوجوان کو ولین کا رول سونپ دیا جو مجھے اپنے ہیرو کے مانند فطرتاً حساس، نیک طینت اور معصوم سا لگا۔

''مگر میں—'' اس نوجوان نے جھجک کر شاید تامل کا اظہار کرنا چاہا۔

''میں ویں کیا؟''، ''میں جھلا گیا''۔ جب تک پورے ولین نہیں بنو گے، تمھیں ہیرو کون مانے گا؟''

◆◆◆

آج کے لوگ

ہاں، بھئی، ہاں، میری موت واقعی ہو لی تھی، مگر دیکھ لو، میرا دل کیسے دھائیں دھائیں دھڑ کے جا رہا ہے۔

ہاں، اور کیا؟ پورے کا پورا مر چکا تھا مگر تم خود ہی دیکھ لو، جوں کا توں زندہ ہوں— کیسے کیا؟ جیسے ہے، ویسے!— جیتے جی جب میری دھڑکن میں خلل واقع ہوا تو ڈاکٹروں نے میرے سینے میں ایک پیس میکر (Pace Maker) فٹ کر دیا اور دعویٰ کیا کہ اب دم نکل جانے پر بھی میرا دل جوں کا توں دھڑکتا رہے گا، سو جو ہے سو ہے— مر کھپ کر بھی— کیا؟— مرا کب؟— کتنے احمق ہو بھئی! جو مر گیا اسے کیا پتہ، وہ کب مرا؟— ہاں، بھئی، اب خدا کا ڈر کا ہے کو؟ مر کر خدا کے پاس تھوڑا ہی جانا ہے— ہاں، اور کیا؟ اب تو سدا اپنے ہی پاس رہنا ہے— ہیہ ہیہ ہا!— ٹھیک کہتے ہو، اب تو صرف اسی نیک کام سے نجات وابستہ ہے کہ اپنی مشین نہ بگڑنے دو۔

◆◆◆

کچا پن

''بابا تم بڑے میٹھے ہو''۔

''یہی تو میری مشکل ہے بیٹا۔ ابھی ذرا کچا اور کھٹا ہوتا تو جھاڑ سے جڑا رہتا''۔

◆◆◆

موجود

کیا مجال، کوئی جان پہچان والا مر جائے اور وہ اس کے جنازے میں شامل نہ ہو۔

مگر آج ہم اسی کا جنازہ لیے قبرستان کی طرف جا رہے ہیں اور کسی نے آگے پیچھے دیکھتے ہوئے مجھ سے حیرت سے پوچھا ہے، تعجب ہے آج وہ نہیں آیا؟

◆◆◆

خواب و خیال

''جوگن؟''

''کہو بھائی!''

''تمہارے پوتے مُندے مُندے کیوں رہتے ہیں، جوگن؟''

''چیتم اندر ہو بھائی، تو استری گھر کے کواڑ بند ہی رکھتی ہے''۔

◆◆◆

کھیں

ایک روبو نے ڈرتے ڈرتے اپنے ڈاکٹر سے کہا۔

''میں بہت تھک گیا ہوں ڈاکٹر صاحب۔ میرا جی چاہتا ہے کہ میرے جسم کے فولاد کو پگھلا کر ڈھیر کر دیا جائے''۔

ڈاکٹر فکر مند ہو کر اس کی طرف دیکھنے لگا ''کہیں تمھارے جسم میں جان تو نہیں پڑ گئی؟''۔

◆◆◆

اپنا اپنا

ایک دفعہ سائبیریا کا ایک باشندہ ہمیں بتا رہا تھا— ''پھر کیا ہوا کہ میرے دیکھتے ہی دیکھتے ایک عجیب و غریب اُڑن کھٹولا زمین پر اتر آیا۔ اس اُڑن کھٹولے سے دو شکلیں باہر نکلیں۔ بڑی مختلف النوع مخلوق تھی۔ الٹا سیدھا لباس پہن رکھا تھا اور چہروں پر کوئی آلے جما رکھے تھے—''

''کیا انھوں نے بھی آپ کو دیکھا؟''

''نہیں، میں پاس ہی جھاڑی میں چھپ گیا تھا— تھوڑی دیر میں دو میں سے ایک کا آلہ اس کے منہ سے سینے پر گر کر لٹکنے لگا۔ اتنا عجیب چہرہ تھا کہ میرے بیان سے باہر ہے۔ کچھ دیر وہ آپس میں باتیں کرتے رہے—''

''کیا باتیں کرتے رہے؟''

''مجھے ان کی زبان تو نہیں آتی مگر جب ایک نے دوسرے کی طرف دیکھ کر چونکی

چونکی آواز میں ایک جملہ بولا تو مجھے لگا، اس نے کہا ہے، بے وقوف اپنا آلہ جلدی سے منہ پر چڑھالو، ورنہ آکسیجن کے زہر سے دم توڑ دو گے''۔

◆◆◆

پگلا

اُس پگلے کو دیکھا؟

ہاں، دائیں ہاتھ کی پہلی انگلی کو اوپر نیچے ہلاتے ہوئے بائیں کی ہتھیلی کو نہ جانے کیا سمجھا جارہا تھا۔

ہہ ہہ ہا— ہہ ہاہہ—!

اس میں ہنسنے کی کیا بات ہے؟ اپنے اندر ہی اندر ہم بھی یہی کچھ تو کرتے ہیں۔

◆◆◆

نازائیدہ

''ارے! تم تو بالکل مر چکے تھے، پھر کھڑے کیسے ہوگئے؟''

''میں بڑا گریب آدمی ہوں جی۔ پھر شتوں کے حساب سے میں ابھی پیدا ہی نہ ہوا تھا، اس لیے ان کی سمجھ میں نہ آیا، میں مر کیسے گیا''۔

◆◆◆

ایثار

''تمھارا صرف ایک ہی شوہر ہے!''

کوٹھے والی نے گھر والی سے کہا۔

''تمھارے بچوں کا باپ، تمھاری حفاظت کا ضامن، بڑا بھولا، بڑا نیک، لیکن میری

طرف دیکھو"۔کوٹھے والی آبدیدہ ہوگئی۔"میرا ایثار دیکھو، مجھے اُن گنت شوہروں سے نباہ کرنا پڑتا ہے۔میرے بچوں کا کوئی باپ نہیں بنتا۔میرا کوئی پاسباں نہیں۔میرے سب کے سب شوہر بدمعاش ہیں"۔کوٹھے والی گھر والی کی طرح اپنا منہ دوپٹے میں ڈھانپ کر رونے لگی۔

"سب لفنگے ہیں۔لیکن میں پھر بھی ان سے نباہ کیے جارہی ہوں!"

◆◆◆

محض

میں اپنے پیروں کے ٹکاؤ، ہاتھوں کی پینگ اور سر کی چھتری پر ہی اپنی ذات کو محمول کرنے لگا اور میری اصلی ذات سالہا سال بڑے صبر و سکون سے دو عالم میں میرا انتظار کرتی رہی اور ہنستی رہی کہ میں اپنے آپ کو محض جوگندر پال سمجھ بیٹھا ہوں۔

◆◆◆

اٹھارہ ادھیائے

پہلا ادھیائے

پنڈت جی نے گیتا کا شلوک لہرا لہرا کر گاتے ہوئے پورا کیا اور پھر ذرا رک کر اس کا ارتھ بیان کرنے کے لیے گائیکی سے گدیہ[1] کی طرف آ گئے:

''بھگوان کرشن نے ارجن کا دھیرج بندھاتے ہوئے کہا۔ اے ارجن، جب جب پاپ کا گھڑا ابھر جاتا ہے، تب تب میں سنسار میں پرویش[2] کے لیے جنم لیتا ہوں''۔

''مگر پنڈت جی۔''

پنڈت جی کو بولتے ہوئے ٹک جانا کھلا، مگر یہ سوچ کر کہ پڑھے لکھے لوگوں کی سمجھ میں کوئی بات مشکل سے ہی آپاتی ہے، وہ اپنا ویاکھیان[3] روک کر ٹوکنے والے کی اور دیکھنے لگے۔

''بولو بندھو!''

''میں پوچھنا چاہتا ہوں پنڈت جی، گھڑے میں کوئی جگہ بچی رہ گئی ہے جو کرشن بھگوان نے ابھی تک جنم نہیں لیا؟''

اسے کوئی سیدھا سا جواب دینے کی بجائے پنڈت جی سنسکرت کا ایک اور شلوک الاپنے لگے، جس پر پربھو پریمیوں کو سر دھنتے پا کر سوال کرنے والے نے بدک کر چپ سادھ لی اور پنڈت جی اپنی کتھا آگے بڑھانے کے لیے پستک کے اگلے پنے پر آنکھیں دوڑانے لگے۔

---

(۱) نثر (۲) داخلہ (۳) تقریر

دوسرا ادھیائے

کرشن بھگوان بے چارہ کیا کرتا؟ وہ تو سب کچھ چھوڑ چھاڑ کے ایک نیک جننی کی کوکھ میں آ لگا تھا، مگر اسی دوران جننی کے پتی نے فیصلہ کرلیا کہ جب تک سروس میں اس کی ترقی کا طے نہیں ہو جاتا، وہ اپنے بچے کی پرورش نہیں کر سکے گا، اس لیے اس نے ڈاکٹر سے مشورہ کر کے کرشن کنہیا کو اپنی پتنی کی کوکھ میں ہی ضائع کروا دیا۔

مگر بھگوان کو تو پیدا ہونا ہی تھا۔ اس نے اسی گھر میں اس کی کنواری بہن کی کوکھ میں جا پناہ لی، جو اپنے دفتر کے ایک بابو کے پریم جال میں پھنسی ہوئی تھی۔ بابو کو جب پتہ چلا کہ اس کی پریمکا پیٹ سے ہوگئی ہے تو اس کے ہاتھوں کے طوطے اُڑ گئے۔

''اس میں گھبرانے کی کیا بات ہے؟'' پریمکا کہنے لگی۔ ''آؤ، جھٹ پٹ بیاہ کر لیتے ہیں''۔

''مگر میں تو اپنے چچیرے بھائی کے پاس رہتا ہوں''۔ اس نے ہتھیلیاں ملتے ہوئے جواب دیا۔ ''بیاہ کر کے رہیں گے کہاں؟''

''ساری دنیا جو ہے''۔

''مگر''۔ مگر اچانک اپنی سوچ پر وہ خوشی سے تمتما اٹھا۔ ''آج ہی کوئی گولی وولی کھالو۔ جھنجھٹ ختم!''

ادھر کرشن بھگوان نے بھی پکا ارادہ کر رکھا تھا کہ جیسے بھی ہو، پیدا تو اسے ہونا ہی ہے۔ اب کے اس نے دیش کے ایک ادھیڑ عمر راجیہ منتری کا گھر ڈھونڈ نکالا۔ منتری کے کوئی اولاد نہ تھی اور ڈاکٹری رپورٹ کے مطابق وہ اولاد پیدا کرنے کے قابل بھی نہ رہا تھا، مگر منتری کی خواہش تھی کہ جس طرح بھی ہو، منترانی کی کوکھ بھر جائے، سو جب بھی وہ اپنے نئے پرائیویٹ سکریٹری کو منترانی کے بیڈروم سے دبے پاؤں نکلتے دیکھ لیتا، منہ دوسری طرف پھیر لیتا۔ قصہ مختصر آخر منترانی کے حمل ٹھہر گیا اور اس طرح وقت آنے پر جنم اشٹمی کے شُبھ موقع پر کرشن بھگوان نے سنسار میں پرویش کیا۔

تیسرا ادھیائے

گھٹنا بالکل ویسے ہی گھٹی، جیسے دواپر یگ میں پہلی بار۔ بھگوان نے ایک بار اپنے

بالک روپ میں یہ دکھانے کے لیے اپنی منترانی میا کے سامنے منہ کھولا کہ وہ مٹی نہیں کھا رہا ہے۔ منترانی میاّ کو بالک کے منہ میں ساری سرشٹی[1] دِکھ آئی اور اسے پورا وشواس ہو گیا کہ اس کا سپتر بھگوان کا اوتار ہے۔ میاّ نے ممتا سے بے کل ہو کر اپنے کرشن گوپال کو بانہوں میں سمیٹ لینا چاہا مگر بھگوان ایک اسی کی بانہوں میں سمٹ آتا تو سرشٹی کا اُپکار[2] کیسے ہو پاتا؟ وہ دیکھتی رہ گئی اور ننھا منا کرشن گوپال اس کی بانہوں سے پھسل کر اپنی مدھر ہنسی کی گھنٹیاں بجاتے ہوئے یہ جا وہ جا!

کرشن گوپال پیدا ہوا تو ہو لیا، پرنتو جب تک ننھا منا بالک بڑا نہ ہو جاتا، وہ پرتھوی[3] کا اُدھار کیسے کر پاتا؟ بھگوان کو بھی اس کے سوا چارہ نہ تھا کہ وہ اپنے بنائے ہوئے نیم کے انوسار ماس ماس اور ورش ورش بڑا ہو۔ پاپ کا گھڑا؟ بھگوان بڑا ہوتا رہا اور پاپ مایا روپی جادوئی گھڑے سے چھلک چھلک کر بستیوں میں چاروں اور ندیوں نالوں کی طرح بہہ نکلا۔ لوگ...، لوگ باگ کیا کر سکتے تھے، سوائے اس کے کہ میلی ندیوں میں ہی نہا نہا کر اپنے اپنے اجلے پن کا بھرم بنائے رکھیں۔ دور کیوں جائیں، کرشن گوپال کے پِتا مہودیہ منتری، شری بھاگیہ وان جی کا دیش بھر میں بڑا نام تھا۔ لوگ ان کی نیک نامی کی قسمیں کھایا کرتے تھے اور وہ اپنے آپ کو سہج بدھی کی آڑ میں سمجھایا کرتے تھے، بھاگیہ وان، ساری نیک نامی کس سے ہے؟ نام ہی سے نا؟ اس لیے بھاگیہ وان، نیک بنو یا نہ بنو، نام بنائے رکھو، اور نام بنائے رکھنے کے لیے کیا چاہیے؟ پیسہ! نہیں، بھاگیہ وان، پیسے کے بغیر تم بھی کس کام کے؟ پیسہ ہوگا تو غریب جنتا کی مدد بھی کر پاؤ گے؟ نہیں، بھاگیہ وان جنتا کو کھا کھا کے رجھتے رہو اور رجھ رجھ کے جنتا کی بھوک مٹانے کا اُپائے کرو۔ اور... اور یہ بھی تو ہے کچھ کرو گے نہیں تو تمھارے اکلوتے کرشن گوپال کا کیا بنے گا؟ زمانہ اتنا برا ہے۔ اپنے کرشن گوپال کو کیا بھوکوں مارو گے؟

سو بھگوان کرشن کی پال پوس، شکشا[4] اور سُرکشت[5] جیون کے لیے منتری مہودیہ نے اپنے بیٹے کے نام دنیا بھر کے بنکوں میں اتنی راشی جمع کر لی کہ بھگوان بار بار جنم لے کر بھی اسے کھاتا اڑاتا رہتا تو راشی ختم نہ ہوتی۔

---

(۱) کائنات (۲) بھلا (۳) زمین (۴) تعلیم (۵) محفوظ

چوتھا ادھیائے

منتری مہودیہ شری بھاگیہ وان نے کرشن گوپال کو پرائمری اسکول تک تو اپنے ساتھ ہی رکھا اور آگے کی تعلیم کے لیے اسے امریکہ بھیج دیا۔ ان دنوں منتری مہودیہ خود آپ ایجوکیشن کا پورٹ فولیو سنبھالے ہوئے تھے اور انھیں معلوم تھا کہ ہماری سکشا یوجناؤں کو منترالیہ سے باہر پاٹھ شالاؤں کے راستے سجھائی دینے میں نہیں آرہے۔ دوسرے، ان کا وچار تھا کہ اپنی شدھ بھاشا کس کام کی، نہرو اور جناح جیسے مہاپرشوں کے سامنے اسی لیے تو کوئی دم نہیں مار سکتا تھا کہ وہ انگریزوں سے بھی کڑک انگریزی بول لیتے تھے۔ ہمارا کرشن گوپال بھی اگر بالک اَوستھا میں وہاں جا پہنچا تو واپسی پر اچھے اچھوں کو لوہے کے چنے چبوائے گا۔ منتری مہودیہ سوچنے لگے کہ اس محاورے کو انگریزی میں کیسے کہا جا سکتا ہے، اور کچھ سمجھ نہ آنے پر وہ مایوسی سے سر ہلا ہلا کر خوش ہونے لگے کہ میرے کرشن گوپال کو کم سے کم اس کٹھنائی کا سامنا تو نہ ہوگا۔

کرشن گوپال اپنی اس بالی عمر میں ودیش پہنچ کر شروع شروع میں تو بہت رویا دھویا۔ امریکیوں کو کیا پتہ، کہ بالک روپی بھگوان اپنی لیلا رچائے ہوئے ہے۔ وہ اسے سدھارن بالک سمجھ کر اس کا دل لگانے کا پورا پربندھ کرتے رہے اور ہوتے ہوتے کرشن گوپال کا دل وہاں اتنا لگ گیا کہ معلوم ہوتا تھا، پیدا ہی وہیں کہیں ہوا ہے۔ کہاں؟ کیا پتہ، کہاں؟... اس کے ماں باپ کون تھے؟... کیا پتہ، کون؟... امریکیوں میں ہیومن رائٹس کی جو لہر اٹھی ہوئی ہے، اس کے مطابق ماں باپ اپنی جگہ اور ان کی نابالغ سنتان اپنی جگہ۔ سنتان کا یہ ادھیکار بنا رہنا چاہیے کہ انھیں صرف انہی کے ناموں سے جانا جائے۔ ان کی اپنی پہچان سے ان کے ماتا پتا کا کیا سمبندھ۔

کرشن گوپال بھی جب وہاں کئی برس کے نواس کے بعد اپنی قانون کی ڈگری حاصل کرنے میں سپھل ہو گیا تو ماتا اور پتا اس کے لیے بس دو شبد تھے، جنھیں وہ پستکوں یا اپنے ماں باپ کے خطوں میں پڑھ لیتا تھا۔ ان شبدوں سے اس کے دل میں کوئی چتر نہ کھنچ پاتا تھا۔

نہیں، ان سارے سالوں میں امریکہ میں منش کی کایا میں اونچا ہو کر کرشن گوپال

نے دل و دماغ سے اڑ ہی چکا تھا کہ وہ ساکشات کرشن بھگوان ہے، یا پھر دوسرے امریکیوں کی طرح اسے بھی لگتا ہوگا کہ وہ کسی بھگوان سے کیا کم ہے۔ شروع میں؟ شروع شروع میں تو اسے سب کچھ یاد ہوگا، مگر انہی دنوں اس کے امریکی ٹیچر کو جب کھٹکا سا ہوا کہ سانپ سپیروں کے دیش کا یہ لڑکا اپنے آپ کو کیا سمجھتا ہے تو پہلے تو وہ کھلکھلا کر ہنس پڑا مگر پھر سنجیدہ ہو کر کئی مہینے اس کے چت میں ڈیوائن رائٹس کے ناش کے آپریشن میں جٹا رہا۔

کرشن گوپال نے اپنے ہائی اسکول کے آخری دنوں میں ایک زوردار عشق کیا اور اس میں ناکام ہو کر جب خودکشی پر اتر آیا تو یہاں بھی اس کے ٹیچر نے بڑی مشکل سے اسے پھر سے اپنے پیروں پر کھڑا کیا۔ اس کے بعد کالج کے دنوں میں کرشن گوپال نے ایک امریکی لڑکی سے عشق کر کے خود آپ ہی اسے چھوڑ دیا اور چوں کہ اس بے چاری کو خودکشی سے بچانے والا کوئی نہ تھا اس لیے اس نے نراش ہو کر جان دے دی۔ اپنا آخری عشق کرشن گوپال نے لاء کی ڈگری لینے کے بعد کیا اور اپنی ہندوستان کو واپسی اس وقت تک روکے رکھی جب تک کیتھی سے باقاعدہ شادی نہ کر لی۔

کیتھی بڑی بے دھڑک طبیعت کی مالک تھی۔ اس نے اپنے شوہر کو بتایا، تم کیا اور کوئی اور کیا، میں نے تم سے صرف اس لیے شادی کی ہے کہ کسی طرح ہندوستان دیکھ لوں۔

''کیوں، ہندوستان میں ایسا کیا ہے؟''

''میرا دادا وہاں برٹش آرمی میں کرنل تھا اور بچپن میں اتنی کہانیاں سنایا کرتا تھا کہ میرے کانوں میں ابھی تک ہندوستانی سپیروں کی بین بجتی رہتی ہے''۔

کرشن گوپال نے بھی کیتھی سے صرف کیتھی کے لیے شادی نہ کی تھی۔ وہ چاہتا تھا کہ وہ سارے امریکہ کو ہندوستان اٹھا لے جائے، کیتھی کے ساتھ اسے وہاں بھی لگے گا کہ وہ امریکہ میں ہی رہے جا رہا ہے۔

پانچواں ادھیائے

اندرا گاندھی ایئرپورٹ پر اپنے جہاز سے نکلتے ہوئے کرشن گوپال کے چنتن میں اپنے ماں باپ کا کوئی حلیہ نہیں ٹھہر پا رہا تھا۔

''او۔ ڈیم!'' کیتھی کا ہاتھ اپنے ہاتھ میں لے کر اس نے سوچا کہ اس کے والدین کا

فوٹو تو سوٹ کیس میں بند ہے۔

ریسپشن میں جب اس کے باپ کا وہی پرانا پرسنل سکریٹری...اس کا باپ بے اختیار اس کی طرف بڑھ آیا تو کرشن گوپال نے اپنے لہجے میں نمائشی سا تپاک پیدا کر کے اس کی طرف ہاتھ بڑھا دیا۔

''ہاؤ ڈو یو ڈو، ڈیڈ؟''

منتری مہودیہ نے آگے آ کر اس کے باپ کو پرے دھکیل دیا اور اسے بتانے لگے۔

''تمھارا ڈیڈ میں ہوں بیٹے''۔

اس نے اپنا ہاتھ فوراً اس کی طرف بڑھا دیا۔آئی ایم ساری ڈیڈ''

گھر پہنچنے پر تھوڑی دیر میں ہی اسے معلوم ہو گیا کہ اس کا وزیر باپ کروڑوں کے گھوٹالے کے الزام میں ایک عدالتی مقدمے میں پھنسا ہوا ہے اور اگر اسے پیشگی ضمانت نہ مل چکی ہوتی تو اب تک وہ حوالات میں بند ہوتا، اور کہ اس کی ماں ہائی بلڈ پریشر سے کسی اسپتال کے شدید احتیاط کے گوشے میں بے ہوش پڑی ہے۔

'' آئی ایم ساری ڈیڈ''

''نہیں، بیٹے، کشٹ کی کوئی بات نہیں۔'' باپ بیٹے کی پیٹھ تھپکنے لگا۔'' تم آ گئے ہو تو مجھے کیا فکر؟ سب کچھ ٹھیک ہو جائے گا''۔

اس کی سمجھ میں نہ آیا کہ اس کے آنے پر سب کچھ کیوں کر ٹھیک ہو جائے گا، مگر اسی دوران کیتھی سے آنکھیں چار ہونے پر وہ سب کچھ بھول کر مسکرانے لگا۔

چھٹا ادھیائے

یشودھا مئیا دوسرے ہی روز اسپتال سے گھر لوٹ آئی اور اپنے بیٹے کرشن گوپال سے گلے ملتے ہوئے اتنے زور سے بھینچا کہ کرشن گوپال کو اچنبھا ہونے لگا، بیمار بڑھیا میں اتنی شکتی کہاں سے آ گئی ہے۔اس کا بلڈ پریشر کہیں پھر سے تو ایک دم اونچا نہیں چلا گیا۔

'' آہستہ، مام!''

'' آہستہ کیوں، گوپالا؟ مورے گھر تو بھگوان بھی لوٹ آیا اور بیٹا بھی''۔

''میں تو لوٹ آیا ہوں ، مام'' وہ اپنی ماں سے پوچھنے لگا'' مگر تمھارا بھگوان کہاں

ہے؟''

مگر اس سے پہلے کہ میّا اسے کوئی جواب دے پاتی، خوشی سے ہانپ ہانپ کر اس کا بلڈ پریشر پھر اتنا اونچا ہو گیا کہ وہ بے ہوش ہو کر گر گئی اور اسے پھر ان ٹینسو کیئر یونٹ میں بھیج دیا گیا۔

ساتویں ادھیائے سے سولھواں ادھیائے

وغیرہ وغیرہ۔

سترھواں ادھیائے

حالاں کہ ڈاکٹروں نے یشودھا کو دوسری بار اس تنبیہ کے ساتھ اسپتال سے ڈسچارج کیا تھا کہ وہ اپنی بھاوناؤں کو قابو میں رکھے گی مگر اپنے بیٹے کو دیکھتے ہی وہ لبالب بھرے گلاس کی طرح چھلک جاتی۔

''ذرا میرے پاس آؤ، گوپالا''۔

اور گوپالا اس کے قریب جاتا تو میّا باؤلی ہو کر اسے اپنے بازوؤں سے سینے پر باندھ لیتی۔

''اتنے سال میری نظروں سے اوجھل رہے ہو گوپالا۔ میری موت سے پہلے کم سے کم اتنے گھنٹے تو میرے ساتھ بتاؤ نا''۔

چند روز تو میّا کی بہو کیتھی اپنے پتی سے ہلکی پھلکی شکایت میں بات ٹالتی رہی، مگر پھر اسے محسوس ہونے لگا کہ پانی سر سے اوپر اٹھ آیا ہے اور وہ اپنے پتی کے سامنے ڈٹ کر کھڑی ہو گئی۔

''تمھاری ماں تمھاری بیوی ہے گوپالا، یا تمھاری بیوی؟''

''یہ بھی کوئی پوچھنے کی بات ہے، ہنی؟''

''پوچھنے کی ہی بات ہے ڈارلنگ'' کیتھی کا لہجہ فیصلہ کن تھا۔ ''اسی لیے پوچھ رہی ہوں''۔

''کیا پوچھ رہی ہو؟... کہ پاگل اولڈ وومن مجھ پر قبضہ کیوں جمائے بیٹھی ہے؟''

کرشن گوپال اپنی بیوی کو آرام سے سمجھانا چاہتا تھا۔ ''مجھے خود اس کا پاگل پن ایک

آنکھ نہیں بھاتا''۔

''تو پھر دوسری آنکھ سے بھاتا ہوگا گوپالا''۔ کیتھی کے سر پر میّا بھوت کی طرح چڑھ آئی تھی۔

''شیل آئی اسپیک دا ٹروتھ؟ تمھاری ماں اصل میں سیکسچوئیل پرورٹ ہے اور تمھیں اپنے ہزبینڈ کی طرح برتنا چاہتی ہے''۔

''نان سنس!''

''تم کچھ بھی کہو، مگر میرے ساتھ رہنا چاہتے ہو تو صرف میرے ساتھ رہو''۔

''ٹھیک ہے ہنی۔ یہ بات ہے تو چند دن ہم یہاں گھوم پھر لیتے ہیں، اس کے بعد واپس اسٹیٹس چلے جائیں گے''۔

''ہاں، ان سارے دنوں ہم آگرہ، اجنتا کیوز اور موہن جوداڑو دیکھیں گے۔ اور کیا نام ہے اس شہر کا، ہاں، میرے دادا کا میرٹھ بھی دیکھنے جائیں گے...''

''شیور، ہنی!''

''میرٹھ میں صرف فوج، سانپ اور سپیرے ہی رہتے ہیں؟''

''ایسا کیسے، ہنی؟''

''مگر میرا دادا تو بتایا کرتا تھا کہ...''

اسی اثنا میں کیتھی کو یشودھا میّا دور سے اپنے گوپالا کی طرف بازو پھیلائے لپک کر آتی دکھائی دی۔ ''چلو گوپالا، اٹھو، یہاں سے نکل جائیں۔ وہ آرہی ہے''۔ وہ اسے باہر لے جانے کے لیے اپنی آگے دھکیلنے لگی۔ ''جیسے تمھیں دبوچ کر اپنی کوکھ میں ٹھونس لینا چاہتی ہو''۔

اٹھارواں ادھیائے

یشودھا میّا کی آنکھوں میں آنسو تھمنے میں نہیں آرہے تھے اور منتری مہودیہ بھاگیہ وان اتنے گمبھیر اس وقت بھی نہ دِکھے تھے جب عدالت نے انھیں کروڑوں کے گھوٹالے کا ملزم ٹھہرایا تھا۔

کل کرشن گوپال اور کیتھی واپس اسٹیٹس جارہے تھے اور آج شام کو منتری مہودیہ نے

اپنے یہاں گیتا کا پاٹھ استھاپن کر رکھا تھا اور وشیش (خاص) جتن کر کے ایک ایسا پنڈت ڈھونڈ نکالا تھا جو اس کے بیٹے اور بہو کے گیان دھیان کے لیے گیتا کے شلوکوں کا شدھ انگریزی میں انوواد (ترجمہ) کر سکے۔ اس شبھ موقع پر اس نے اپنے بیسیوں مترود ں کو کنبے سمیت بلا رکھا تھا۔

ہے ارجن! وین اَیوردا پاٹ بربز ودھ بن، آئی میک مائی اپئرنس اِن داورلڈ...

پنڈت کو بڑے دھیان سے سنتے ہوئے بھی گوپال کرشن کو یاد نہ آیا کہ خود اسی نے تو کروکشیتر کے میدان میں ارجن کو مخاطب کیا تھا۔ اس نے چائے کی پیالی سے منہ ہٹا کر اپنی بیوی سے کہا'' اِنٹرسٹنگ، ہنی، اینٹ اِٹ؟'' پھر وہ اچانک اپنی سوچ پر ہنس پڑا'' یونو، واٹ؟... ان لوگوں میں سے ہر کوئی جنم سے پہلے خود آپ ہی کرشن بھگوان تھا اور جنم لے کر بھول گیا، وہ کیا تھا اور کیوں پیدا ہوا...''

◆◆◆

پناہ گاہ

سب چلے گئے تو فتو اور ویرو بھی میلے جانے والے راستے پر دکھائی دیے، وہ دونوں اچھل اچھل کر اتنی تیزی سے چل رہے تھے جیسے راستے سے بھی پہلے میلے کے میدان میں جا پہنچنا چاہتے ہوں۔

مرزا انھیں حکیم سلطان شاہ کے چبوترے سے دیکھ دیکھ کر ہنسنے لگا اور چہرے کی دونوں طرف داڑھی پر انگلیوں سے کنگھی کرتے ہوئے گویا ہوا ''چلنا تو صرف جوانی کا ہی ہوتا ہے''۔

''وہ تو ہے مرزے۔ حکیم نے اپنے حقے پر چلم سیدھی کرتے ہوئے اپنے دوست کو جواب دیا، مگر جوانی کہیں ٹکتی بھی تو نہیں''۔

''یہی تو مصیبت ہے میرے یار، بوڑھے راستے اپنی دھول پھانکنے کے لیے وہیں کے وہیں پڑے رہتے ہیں اور جوان لوگ تیز تیز گزر کر نا معلوم کہاں گم ہو جاتے ہیں''۔

حکیم سلطان شاہ نے حقے کی نَے کو منہ سے پرے ہٹا دیا'' جوانی کے میلے تو چار ہی دن کے ہوتے ہیں، بوڑھے راستے وہیں کے وہیں نہ ٹھہرے رہیں تو جوانوں کا گھر لوٹنا کیسے ہو؟''

''واہ! کیا پتے کی بات کہی ہے'' مرزا نے خوش ہو کر حقے کی نَے اپنی طرف کھینچ لی۔

''بخار کی پڑیوں کے ساتھ ساتھ ان باتوں کی پڑیاں بھی بنا بنا کر بیچا کرو۔ ہم زمیندار تو زمین کو پولا کرنے کے سوا کچھ جانتے ہی نہیں''۔

''اب پولا کرنے کے قابل بھی کہاں رہ گئے ہو مرزے؟''

مرزا نے پھر اپنی نظر اٹھا کر فتو اور ویرو پر جمالی'' جی چاہتا ہے آنکھوں میں بھر کر ان

کی شبیہیں سدا کے لیے سنبھال لوں''۔

حکیم نے اس کی بات کا جواب دینے کے لیے منہ کھولا تو مرزا کو اس کی آواز پر حقہ گڑگڑانے کا سا گمان ہوا۔'' اپنی شادی سے پہلے جب وہ چوری چوری ملا کرتے تھے تو انھیں کہیں بھی اتنا گھنا اور اونچا گنّے کا کھیت نہ ملتا تھا جو ان کے پیار کو اوٹ میں لے لیتا''۔

'' ہاں، شاہ'' مرزا کو شاید حقے کے کش سے نشہ آ گیا تھا یا فتو اور ویرو کے پیار کے تصور سے'' پیار کرنے والوں کا قد اتنا اونچا ہو تو گنے بیٹھے بوہو کر ان کے سروں کے نیچے نتھنوں تک آ جاتے تھے''۔

اب حکیم کی باری تھی کہ حقے کے کش کا مزہ لے'' واہ، میرے یار! واقعی زمین کو بڑا پولا کر کے بیج ڈالتے ہو۔ تمھارے بول سن کر زندگی بھر چوسے ہوئے گنوں کا مزہ منہ میں بھر آیا'' حقے کا کش لے کر وہ دھوئیں کا ایک گھونٹ گلے سے کلیجے میں اتار رہا تھا'' اپنا دوسرا نکاح تو میں نے صرف امت کی پرورش کے لیے پڑھوایا تھا۔ میری ہڈیوں میں ابھی تک میری پہلی مرحوم بیوی ہی کھنکتی رہتی ہے۔ اسے میں سینکڑوں بھالوں کے عین درمیان سے نکال لایا تھا— نہیں، ٹھہرو، ابھی ایک کش اور لوں گا''۔

مرزا نے پھر اس کچے راستے کی طرف نگاہ اٹھائی جو ڈیڑھ دو کوس پر میلے کے میدان میں جا کھلتا تھا۔'' اتنے میں ہی شاید وہ میلے کے آس پاس جا پہنچے ہوں گے''۔

'' جوانی آپ ہی میلہ ہوتی ہے مرزے، تمھاری دھندلائی آنکھوں میں کیسے تھے؟ یہ لو حلق کو گیلا کر لو''۔ اس نے حقہ اس کی طرف بڑھا دیا'' اور اللہ اللہ کرو''۔

'' میری ساری زمینداری لے لو سلطان شاہ، پر ایک ایسا کشتہ تیار کر دو کہ سال چھ ماہ کے لیے بدن میں پھر سے جان پڑ جائے''۔

'' میں نے کہا ہے نا، اب اللہ اللہ کرو۔ اس عمر میں جان پڑ گئی تو بدن اور ٹوٹے گا''۔

اسی اثنا میں کلو میراثی کراہتے ہوئے حکیم کے چبوترے پر چڑھ آیا'' داڑھ میں بہت درد ہو رہا ہے ہکیم جی''۔

'' اور اپنی میراثن کا گڑ کھایا کرو''۔

'' سلطان بھی آپ ہو ہکیم جی اور شاہ بھی، آپ ہی نے تو اس بھلی لوک کو بولیا تھا اپنے

میراثی کو باداموں والا گڑ کھلایا کرو"۔

ارے مورکھ، میں نے یہ کب کہا تھا کہ گڑ کھا کھا کر منہ میں کھوڑیں بنالو— یہ لو دوائی دانتوں پر مل کر سو جانا"۔

"اب اور مجھے کرنا ہی کیا ہے بکیم جی، میراثن تو میلے پر گئی ہوئی ہے"۔

میراثی ان دونوں نے سلاماں لیکم کہہ کر چبوترے سے نیچے اترا تو مرزا اپنے دوست سے پوچھنے لگا۔

"کیا یہ سچ ہے سلطان شاہ کہ جب قتو اور ویرو پہاڑی کے پار نکل جاتے تھے تو میراثن اس پار پہرہ دیا کرتی تھی؟"

حکیم سلطان شاہ کو حقے کی آواز سے محسوس ہوا کہ آگ ٹھنڈی پڑ گئی ہے۔ اس نے مرزا کو کوئی جواب دینے کی بجائے وہ لوہے کا ایک تار لے کر چلم کے کوئلوں کو اوپر نیچے کرنے لگا۔ "چلم میں دم دینے کا تو تم میں دم نہیں، پھر مرزائن بے چاری کیوں نہ بجھتی جائے"۔

"اچھا کیا، مجھے یاد دلا دیا۔ میرے جانے سے پہلے مرزائن کے لیے پڑیاں باندھ دینا"۔

"ہاں، ہاں، لے جانا"۔

حکیم گتے کا ایک ٹکڑا لے کر بجھتی ہوئی آگ پر پنکھا کرنے لگا جس سے کوئلے سلگ سلگ کر گویا اس کی آنکھوں میں چنگارنے لگے "اب دم میں دم آیا ہے"۔

"کیا یہ سچ ہے—"

حکیم نے مرزا کی بات کو پھر نظر انداز کر دیا اور منہ سے دھواں چھوڑتے ہوئے کہا۔

"تپش جب پانی سے نتھر کر منہ میں آتی ہے تو تمھیں کیا لگتا ہے؟"

"مجھے لگتا ہے کہ گاڑی کی طرح چھک چھک چلنے لگا ہوں"۔

"مجھے بھی یہی لگتا ہے۔ دراصل قوت کا شائستہ استعمال بھی یہی ہے کہ گاڑیاں چھک چھک چلتی رہیں"۔

یہ تو ہے ہی یار میرے، پر میری بات کا جواب کیوں نہیں دے رہے؟ کیا یہ سچ ہے

کر ـــ''

''ہاں، سچ ہے''۔ پھر اس نے پشت کے دروازے کی طرف منہ کر کے کہا'' ارے بھئی سنتی ہو؟ مرزا آیا ہے اور کہتا ہے کہ چائے پیے بغیر نہیں جاؤں گا''۔

''السلام علیکم، بھابی۔ میں دوپہر کا کھانا بھی یہیں کھاؤں گا''۔

دونوں ہنسنے لگے اور ان کی ہنسی کی آواز سن سن کر ایک چوہا اپنے بل سے نکل کر ان کے قریب ہی چبوترے پر ناچنے لگا۔

حکیم سلطان شاہ ایک دم سنجیدہ صورت بنا کر مرزا کو بتانے لگا۔ میراثن کو فتو بڑا عزیز ہے۔ وہ اس سے کہا کرتی ہے، اپنی عمر سے میں اگر بارہ ایک برس بڑی ہوتی تو تو میری کوکھ سے ہی جنم لیتا فتو ـــ فتو سے وہ صرف تین چار سال بڑی ہے مگر اپنے بچے کی طرح اس پر نظر رکھتی ہے''۔

''ہاں پہلے پہل تو لوگ لے اڑے تھے کہ وہ فتو پر عاشق ہے''۔

''ہاں، کھلی کھلی میراثن ہے، عاشق نہ سہی، بیٹا سہی ـــ پہلے تو وہ ڈر گئی کہ فتو سید مسلمان اور ویرو پکی ہندو، پر پھر اس نے دیکھا کہ انھیں ایک دوسرے کے لیے جینے سے روکا گیا تو وہ جئیں گے ہی نہیں ـــ گاؤں میں بات کھل گئی تو وہ مجھے بتانے لگی۔ آپ ہی سوچو حکیم جی، ہماری دنیا میں اتنی کھراب بیماریوں والے لوگ سانس لیتے ہیں پھر بھی اللہ پاک کی ہوا ساپھ کی ساپھ ہے، اور پھتو اور ویرو کے سانس تو اتنے ساپھ ہیں کہ مُردوں میں بھی جان پڑ جائے۔ ہندو اور مسلمان کھامکھا آپس میں بگڑ رہے ہیں۔ موحبت کرنے والوں کو چپ چاپ جینے دیں ـــ'' حقے کا کش لیتے ہوئے حکیم کو رکاوٹ محسوس ہونے لگی تو بات کو ادھورا چھوڑ کر وہ نلی میں پھونکیں مارنے لگا۔

''جب معاملہ عشق کا ہو ـــ سلطان شاہ، تو بات دین کی نہیں، ایمان کی ہوتی ہے''۔

''ہاں، اسی لیے میراثن ڈونگے پانی پر کائی بن کے پڑی رہی کہ کسی کی آنکھ تہہ پر نہ جا پہنچے۔ ہاں، اب حقہ فوارے کی طرح چلنے لگا ہے ـــ تو میں بتا رہا تھا کہ میراثن نے ہر تدبیر لڑائی مگر بابو، باراں میں کائی کہاں ٹھہرتی ہے۔ بات کھلی اور کھلتے ہی پھیل گئی ـــ لو، تمھاری بھابی چائے لے آئی ہے''۔

حکیم کی بیوی نے ان کے سامنے دو گلاس رکھ کے چائے سے لبالب بھر دیے اور مرزا کی طرف منہ کر کے گویا ہوئی" آپ اکیلے ہی آجاتے ہیں، ہماری بہن کو ساتھ کیوں نہیں لاتے؟"

"لے تو آؤں بھابی مگر پتہ نہیں، تمھارے میاں کو کس نے حکیم بنا دیا ہے، دوائی کھا کھا کر اس کی صحت اور بگڑتی جا رہی ہے"۔

"تو پھر ان سے کہیے، مجھے ہی کبھی وہاں لے جائیں"۔

"آئے دن وہیں ہوتی ہو، میں کیا منع کرتا ہوں؟ —— میں تو کہتا ہوں تم دونوں وہاں رہو اور میں اور مرزا یہاں۔ ہمیں اب تم لوگوں سے کیا لینا دینا ہے؟"

"لینے دینے کا حساب تو اوپر والے کے پاس پہنچ کر چک ہی جائے گا"۔

"تو بھلی لوگ، کھاتے میں ہمارا ایک اور حقہ پر وسنا بھی لکھ لو۔ تمھاری مہربانی ہو جائے تو چائے کے بعد تازہ حقہ پی کے مزہ آ جائے گا"۔

حکیم کی بیوی حقہ اٹھا کر لوٹ گئی تو مرزا نے ایک بار پھر میلے کے راستے پر آنکھیں ٹکالیں" راستہ ایسے دم بخود سا لگ رہا ہے یار، جیسے ذرا سنبھلتے ہی بھاگ نکلے گا"۔

"دعا کرو مرزا، کہ بوڑھے اور راستے ہمیشہ ٹھہرے رہیں تا کہ نوجوان گمراہ نہ ہوں"۔

"ہاں، وہ تو تم بتا چکے ہو"۔

وہ دونوں اپنے اپنے گلاس پر نظر جمائے سوچ رہے تھے کہ چائے ابھی بہت گرم ہوگی، جوش ذرا ماند پڑے تو اٹھائیں۔ اسی دوران گاؤں کے سرپنچ کنس راؤ کا بھتیجا ان کے سروں پر آ کھڑا ہوا" رام رام حکیم چاچا —— رام رام مرزا چاچا"۔

"خوش رہو، دُرگے، کیسے آئے؟"

"تاؤ نے سونف کا عرق منگوایا ہے حکیم چاچا۔ رانو کے پیٹ میں درد ہو رہا ہے"۔

"کیسا درد ہے؟"

"جیسا پیٹ میں ہوتا ہے چاچا، اور کیسا؟"

"تو یہ لو، سونف کا عرق —— دو پڑیاں دوائی کی بھی لے جاؤ"۔

دُرگے کے جانے کے بعد مرزا نے کہا" سلطان شاہ، ابھی تک تو تم ایک لاکھ سے

بھی زیادہ پڑیاں گاؤں کے لوگوں کو دے چکے ہو گے؟''

''ہاں مرزے، ایک لاکھ سے بھی اوپر ہو گئی ہوں گی۔ ہر پُڑی پر کلمہ پڑھ کر اسے بند کرتا ہوں''۔

''اسی لیے میری مرزائن کہتی ہے کہ مر جائے گی مگر دوائی تمھاری ہی کھائے گی۔ شہر کے ڈاکٹر تو زہر گھول کر دے دیتے ہیں''۔

''پتھری سے کنس راؤ کی جان نکل رہی تھی مرزا— چائے اٹھاؤ، ٹھنڈی ہو رہی ہے۔ اس کا بڑا بیٹا اسے شہر میں آپریشن کے لیے لے جانا چاہتا تھا۔ میں نے کنس راؤ سے کہا کہ پہلے کلمہ کی تیر پرکھ لو۔ خدا نے میرا ساتھ نہ دیا تو پھر چیر پھاڑ کروا لینا''۔

''ہاں، اللہ کے فضل سے اب تو منڈو کے گھوڑے کی طرح اپنے پیچھے سارے گاؤں کی گاڑی باندھے دوڑتا پھرتا ہے— بھابی نے چائے تو بہت جی جان سے بنائی ہے''۔

''ہمارا سرپنچ بڑا نیک آدمی ہے۔ فتو اور ویرو کی خفیہ ملاقاتوں کی خبر جب اس کے کانوں تک پہنچی تو اسی وقت سارے کام چھوڑ کر وہ یہاں میرے پاس آیا اور بولا، کسی بات کی چنتا مت کرو سلطان شاہ، فتو اکیلے رکھے تیلی کا بیٹا نہیں، ہماری ساجھی دولت ہے۔ پورے سو کوس کے گھیرے میں کوئی ایک تو ہو جو اس سے سر نکالتا ہو''۔

''ہاں، اسے دیکھ کر طبیعت سیر ہو جاتی ہے''۔

''کنس راؤ نے ویرو کے باپ کو بھی یہی سمجھایا تھا کہ بات ہندو مسلمان کی نہیں، بات یہ ہے کہ فتو اور ویرو کی جوڑی کتنی سجل ہے۔ سو ہزار برس بیتتے ہیں تو کہیں اتفاق سے ایسی جوڑی بنتی ہے''۔

''ہاں، بھائی، جوڑی تو ایسی ہے کہ انھیں اکٹھا دیکھ کر میرے کھیتوں میں دُگنے دانے پھوٹ آتے ہیں''۔

''ان کی شادی تو انجام پا گئی مگر پنڈت کا لونڈا ابھی تک فرقہ واریت کا زہر پھیلا رہا ہے''۔

''خدا بچائے، نرا فتنہ ہے وہ لونڈا۔ ویرو کو اصل میں وہ اپنے لیے اڑا لینا چاہتا تھا مگر لونڈیا نے گھاس نہ ڈالی تو اس نے ہندو مسلم کا سوال کھڑا کر دیا۔ لڑکے لڑکی والے دونوں

اسی لیے بد کے ہوئے تھے۔ بے چارے سر جوڑ جوڑ کر مشورہ کرتے رہتے تھے کہ انھیں اپنے ارادے سے باز کیسے رکھا جائے۔

مرزا کی بھاری بھاری سفید مونچھوں میں چائے کی بھوری جھلی سی پھنس گئی تھی جسے دیکھ کر حکیم ہنسنے لگا۔ ''ہونٹوں پر اتنے بڑے بڑے سفید جھاڑ و کیا اپنی جھڑیاں صاف رکھنے کے لیے باندھے رکھتے ہو، اتنی پچھی ہوئی داڑھی کیا کم ہے؟''

مرزا نے اپنے کندھے پر سے لٹکتے ہوئے تولیے سے مونچھیں صاف کیں اور ٹھنڈی سانس لے کر بولا'' تم تو جانتے ہی ہو سلطان شاہ عورتیں مجھے دیکھتے ہوئے گھبراتی تھیں کہ عاشق نہ ہو جائیں''۔

''ہاں یار، تم بھی اپنے فتو سے کیا کم تھے — ارے بھئی'' وہ اپنا سر موڑ کر بیوی کو پکارنے لگا'' ابھی تک حقہ نہیں ہوا ہے؟''

''نہیں، سلطان شاہ فتو اور ویرو کے عشق کا تو جواب نہیں۔ اتنا بڑا فساد ہوتے ہوتے رہ گیا مگر کیا مجال مستوں کے کانوں پر جوں بھی رینگی ہو''۔

''محبت کرنے والوں کے سروں میں اپنی دھن ہوتی ہے، جوئیں نہیں''۔ اپنی بیوی کو حقہ لیے دروازے سے برآمد ہوتے دیکھ کر اس کی آنکھوں میں چمک آ گئی۔

''دیکھو تمھاری بھابی حقہ پروس لائی ہے'' اس نے ہاتھ بڑھا کر بیوی سے حقہ تھام لیا۔

''مرزا، میری ساری حکمت تو تمھاری بھابی کے دم سے ہے''۔

''ہٹیے، خوشامد مت کیجیے'' حکیم کی بیوی نے اندر لوٹنے سے پہلے اپنے میاں کو پیار سے دیکھا تو حکیم کا تازہ دم حقہ بے اختیار گڑگڑانے لگا۔

''ہزار آفریں... ہے اپنے کنس راؤ پر'' حکیم نے مرزا کی جانب جھول کر کہا'' جو دونوں کی شادی امن سے انجام پا گئی ورنہ خدانخواستہ گڑبڑ ہو جاتی تو مسلمان تو آٹے میں نمک کے برابر تھے''۔

''مگر آٹے میں نمک رچ بس جاتا ہے سلطان شاہ، تو آٹا نمک سے الگ ہوتا ہے نہ نمک آٹے سے''۔

"ہاں، آپس میں رچنا بسنا ہو جائے تو سبھی کا ذائقہ ایک ہی ہو جاتا ہے — لو، اپنی بھابی کا حقہ پی کے دیکھو، دو ہی گھونٹ میں مسیحائی نصیب ہو جائے گی"۔

مرزا نے حقہ اپنی طرف کھینچ کر منہ سے لگا لیا۔ واہ — ہ — ! ذہن میں روشنی ہی روشنی ہو گئی ہے سلطان شاہ! — کاغذ اور قلم دوات لاؤ تا کہ تمھاری حیاتِ جاوداں کا نسخہ لکھ دوں" اس نے ایک اور لمبا گھونٹ بھرا۔

"واہ — واہ" اسی ترنگ میں اس نے اور دو تین بڑے لمبے گھونٹ اندر کھینچ لیے اور ہلکے سے توقف کے بعد پھر گویا ہوا "میری آنکھوں سے پردے اٹھ رہے ہیں شاہ"۔ اپنے سامنے دیکھتے ہوئے اس کی نظر اچانک میلے کے راستے پر رُک گئی — "ارے! — وہ راستہ کوئی بری خبر پا کر میلے کی طرف بے سرپٹ بھاگ رہا ہے"۔

حکیم ذرا سا گھبرا کر مرزا کی طرف دیکھنے لگا۔

"شاید تمبا کو تمھارے کلیجے سے جا لگا ہے — ارے بھئی سنتی ہو؟۔ اس نے پھر عقب کے دروازے کی طرف منہ کر کے اپنی بیوی کو پکارا "مرزا کے لیے پانی کا ایک گلاس لاؤ" اس نے چلم کو حقے کے منہ سے اٹھا کر ہاتھ میں لے لیا اور لوہے کے تار سے انگاروں میں دبے ہوئے تمبا کو کو ٹٹولنے لگا۔

(۲)

راستے میں درخت، جھاڑیاں، کھیت — جو بھی آیا، فتو اور ویرو کو آوازیں دے دے کر پکارتا رہا، مگر وہ آپس میں اتنے مگن تھے کہ ان کا کسی کی طرف دھیان ہی نہ گیا، مانو دونوں ذہن میں پچھلے جنم سے اگلے جنم کی طرف جا رہے ہوں اور زمانۂ حال صرف اس لیے ہو کہ ان کے سفر کا سلسلہ نہ ٹوٹے۔

"ویرو" فتو اپنی دلہن کے کانوں میں گنگنا رہا تھا۔ "کل رات تم سو رہی تھیں اور میں تمھیں آنکھوں میں سمیٹے محسوس کر رہا تھا کہ تم پکی مٹی کا کورا چراغ ہو اور سرسوں کے تیل سے لبالب بھری ہوئی ہو اور تمھارا پورا چہرہ ٹھنڈی لاٹ بن کر جل رہا ہے اور..."

"لاٹ ٹھنڈی بھی ہو تیلی کے بیٹے، پر ہوتی تو لاٹ ہی ہے، پھر ہمارا بستر کیوں نہ جل اٹھا؟"

وہ کھلکھلا کر ہنس پڑے اور ابھی ان کی ہنسی ہوا میں بج رہی تھی کہ ان کے اوپر سے رنگ برنگے پرندوں کا ایک جھنڈ گزر گیا اور نئے نویلے جوڑے نے کھلے عام ایک دوسرے کو بازوؤں میں لے لیا۔ اسی دوران ان کے پیروں کے قریب سے ایک کالا ناگ گزر گیا مگر انھیں پتہ ہی نہ چلا۔

تھوڑی دیر میں وہ راستے کی بائیں لکیر پر مڑتے ہوئے ایک جنگل میں گھس رہے تھے جسے پار کر کے اسی لکیر پر انھیں ایک پہاڑی پر جا چڑھنا تھا اور وہاں سے میلے میں کود جانا تھا۔

یہ میلہ کوئی تجارتی میلہ نہ تھا بلکہ یہاں حضرت درویش کے مزار پر اردگرد کے دیہات سے ہر مذہب کے نوعمر مرد وزن کھانے پینے، ہنسنے اور موج اُڑانے کے لیے جمع ہو جاتے تھے۔ حضرت درویش مرحوم اپنی آخری عمر میں اپنے نوعمر مریدوں سے گھرے رہتے اور انھیں ہنستے رہنے کی تلقین کرتے۔ ان کا کہنا تھا کہ ایک نوجوانی ہی میں تو بے وجہ ہنسنا بے محل معلوم نہیں ہوتا — ورنہ بڑھاپے میں تو سوچ سوچ کر ہنسنا پڑتا ہے۔ ایک حکایت مشہور ہے کہ حضرت نے ساری جوانی غور وفکر میں بتا دی اور اس طویل ریاضت کے بعد انھیں ہنسنے کی خواہش بے تاب کرنے لگی، مگر ان کے چہرے کے اعضاء سالہا سال کے مسلسل غور وفکر سے کچھ ایسے سانچے میں ڈھل گئے کہ ذرا سے ہنسنے سے بھی اپنی جگہ سے اُدھڑنے لگتے اور ان کی چیخیں نکل جاتیں، سو انھوں نے یہ راہ نکالی کہ نوعمروں کو ہنستے کھیلتے دیکھ کر ہی اپنی خواہش پوری کر لیا کریں۔ ان کے مزار پر مایوس نوجوان گھنٹوں ہنستے رہتے تاکہ وہ خوش ہو کر ان کی مرادیں پوری کر دیں۔

جنگل میں داخل ہوتے ہوئے فتو نے ویرو سے پوچھا کہ وہ حضرت درویش سے کیا منت مانگے گی۔

''تم مل گئے ہو تو مجھے اور کیا مانگنا ہے''۔

''پھر بھی؟''

''پھر بھی کیا؟ میں تو خوش ہوں نا، ہنس ہنس کر حضرت کو بھی خوش کر دوں گی''۔

اپنے گردوپیش جنگل کے بکھراؤ کو دیکھتے ہوئے فتو کو اچانک احساس ہوا کہ وہ اپنے

ذہن میں جھانک رہا ہے۔ اس نے ویرو کی کمر کو بازوؤں میں لے کر اپنے ساتھ جوڑ لیا اور گویا اپنے آپ کو بتانے کے لیے بڑبڑایا'' دیکھ لوں گا اسے''۔

'' کسے — ؟ کون — ؟'' وہ تیزی سے اس کے بازو سے نکل کر اس کے سامنے کھڑی ہوگئی اور بدحواسی میں اس کے منہ سے منہ جوڑ لیا، جیسے اس کے جواب کو اندر سے باہر آنے سے پہلے ہی اپنے اندر ڈال لینا چاہتی ہو۔

راستہ ایک طرف مڑ گیا اور یہ چھوٹا سا جنگل لامتناہی معلوم ہونے لگا۔

'' گھبرانے کی کوئی بات نہیں'' فتو نے کہا'' اپنے حکیم چاچا کا لڑکا یوسف ہے نا، اس نے ایک افواہ سنی تھی کہ وہ پنڈت کا چھوکرا بھرو سے میلے میں اِدھر اُدھر سے کئی غنڈوں کو لا رہا ہے''۔

'' تم نے مجھے پہلے کیوں نہیں بتایا؟''

وہ ویرو کی ٹھوڑی اوپر اٹھا کر اس کی آنکھوں میں دیکھنے لگا۔

'' بتاؤ کیا بتاتا؟ — یہ کہ مجھے اس مینڈک سے ڈر لگ رہا ہے؟''

ویرو کو اپنا آپ اپنے مرد کی آنکھوں میں ایک کادو نظر آنے لگا اور وہ اپنا بھے بھول کر مسکراتے ہوئے اپنے انگوٹھے کے ناخن سے اس کے نئے کرتے کا کاج ٹھیک کرنے لگی۔

'' ابھی تک میں اس کا دماغ ٹھکانے پر لگا چکا ہوتا، مگر سرپنچ کو وچن دے چکا ہوں کہ لڑائی جھگڑے سے بچا رہوں گا''۔

'' بچنا ہی ٹھیک ہے''۔

'' کیا ٹھیک ہے؟ جان بوجھ کر ہندو مسلمان کا ہوا کھڑا کر کے ڈراتا رہتا ہے — تم گھبراؤ نہیں۔ اگر وہ گڑبڑ پر تل گیا ہے تو اسے دیکھ لوں گا''۔

'' دیکھ تو میں اسے آپ ہی لوں گی — کل میں بھابیئے کے گھر سے آ رہی تھی تو تالاب کے پاس مل گیا اور اکیلی پا کر بکواس کرنے لگا مگر میں نے اسے خوب سنائیں۔ میری طرف بڑھنے لگا۔ میں نے اس سے پہلے ہی اس کی طرف چار قدم بڑھا کر کہا۔

'' ہمت ہے تو چھو کے دکھاؤ''۔

'' تم نے مجھے پہلے کیوں نہیں بتایا؟''

''کیا بتاتی؟— کہ اس مینڈک سے ڈر لگتا ہے''۔

دونوں ایک دوسرے سے لپٹ گئے اور قہقہانے لگے اور قریب ہی کہیں جھاڑیوں میں بیٹھا ہوا بندروں کا ایک غول ان کی شادماں غراہٹیں سن کر بھاگ کھڑا ہوا۔

ذرا سے میں ہی وہ جنگل کے اس آخری کونے کے پاس آ پہنچے۔

''میں سوچتی ہوں فتو...''

''سوچ سوچ کر کیوں اپنا تیل نکالتی رہتی ہو؟''

''تمھیں تو تیل کے بغیر کچھ سوجھتی ہی نہیں— نہیں— نہیں، پہلے میری بات سن لو— لوگ کہتے ہیں کہ ہماری جوڑی بہت سندر ہے مگر میں چاہتی ہوں کہ ہم بے حد بدصورت ہوتے اور ہم ایک دوسرے کو ساری دُنیا سے خوبصورت لگتے''۔

وہ جنگل سے باہر نکلے تو سارا جنگل جیسے ان کے پیچھے پیچھے آتے ہوئے ان کے عقب میں پھیل کر انھیں دیکھتا رہ گیا۔ وہ دونوں ایک دوسرے کے پیچھے دوڑتے ہوئے پہاڑی کی چوٹی پر آ گئے اور جونہی آئے توں ہی میلہ ان کے دل و دماغ سے لڑھک کر یہاں پہاڑی کی اِس جانب جالگا۔

(۳)

میلے کے منہ پر ہی ایک کوہ قاف جھولا تھا جس کی گولائی میں دو سیٹوں والے پنگوڑے برق رفتاری سے اوپر نیچے گھومتے ہوئے ایک مہا چکر کا منظر پیش کر رہے تھے۔

فتو اور ویرو تھوڑی دیر پہلے اسی چکر میں اوجھل ہوئے تھے اور ایک دوسرے کو اپنے اپنے وجود سے کس کر محسوس کر رہے تھے کہ وہ آپ ہی آپ بیک قالب اپنی گولائیوں میں گھوم رہے ہیں۔ ان کی مسرت آگیں چیخیں انھیں چاروں طرف سے پکڑ کر گرنے سے بچائے ہوئے تھیں۔ مگر وہ چاہ رہے تھے کہ چیخیں انھیں چھوڑ دیں اور وہ مسرت سے چکنا چور ہو جائیں اور بیک روح آسمان کی سیر کو نکل جائیں۔

جھولے سے اتر کر وہ دونوں ابھی تک گویا جھولے میں ہی گھوم رہے تھے کہ انھیں اپنی میراثن نظر آ گئی جو برف کا لال گولا چوس رہی تھی۔

''بھابی!''

انھیں دیکھ کر میراثن کی باچھیں کھل گئیں— ''او— یہاں آؤ!''

وہ انھیں بلاتے ہوئے ان کے قریب آگئی اور انھیں بھی برف والے کے پاس لے آئی۔ ''لاؤ بھائی، ان کے لیے بھی دو دے۔ چار چار آنے کے حساب سے دو۔ ہجرت درویش کا میلہ ہے۔ برپھ کو بھی آگ لگا کر بیچو گے تو تمھارا بھلا کیسے ہوگا؟ لو، پورے بارہ آنے ہیں، گن لو''۔

''بھابی''۔

میراثن چڑی ہوئی شکل بنا کے فتو کی طرف دیکھنے لگی۔ ''ماں کو بھابی کہتے ہوئے شرم نہیں آتی؟ میں نے تو اپنا بیٹا نہیں جنا کہ تو جو ہے''۔ میراثن نے زمین سے ذرا سی دھول اٹھا کر دیرو کے گال پر لگا دی'' بہوا تنی اچھی دِکھ رہی ہے، میری موئی نجر نہ لگ جائے''۔

''بھابی— نہیں، ماں— نہیں، مجھ سے تم دو ایک سال بڑی ہوگی یا شاید چھوٹی ہی ہو۔ میں تمھیں ماں کیسے کہوں؟''

''کہہ دو گے تو تمھارے بڈھے باپ کے تیل سے اپنا سر تو نہ لتھڑلوں گی میرا سارا لینا دینا تو تم سے ہے''۔

''ہمارے بڑے بھائی کو اکیلا ہی چھوڑ آئی ہو؟''

''ہاں، میراثی کو کھا بھائی بناؤ، کھا بیٹا، پر میں تمھاری ماں ہوں''۔

''پر اُسے اکیلا کیوں چھوڑ آئی ہو؟''

''اکیلا کہاں چھوڑ آئی ہوں؟ اس کا ڈاڑھ کا درد جو اس کے ساتھ ہے۔ اسی کا نام لے کر مر رہا تھا، سو میں نے کہا، میرا کیا ہے، مرو— اور اپنے بیٹے کی چھب دیکھنے یہاں چلی آئی''۔

برف والے نے فتو اور دیرو کو گولے تھما دیے تو میراثن ان سے کہنے لگی۔

''آؤ تمھیں اب کسمت والی چڑیا دکھاؤں۔ دیرو کی کسمت مالوم کریں گے— آؤ میرا تو سارا حال اس نے کھول کر بتا دیا ہے۔ اس تراں پنجے جما جما کر پنجرے سے نکلتی ہے جیسے سوچ سوچ کر آنے والوں وکھتوں میں داکھل ہو رہی ہو اور سیدھی اسی کاگت پر جا کھڑی ہوتی ہے، جس پر کسمت لکھی ہو— آؤ— یہ ہے— یہ لو چونی، بھائی۔ اپنی چڑیا

سے کہو کہ ہماری بہو کی کسمت بتائے''۔

پنجرہ کھلتے ہی رنگدار چڑیا دھیرے دھیرے باہر آئی اِدھر اُدھر دیکھا اور چوں چوں کرتی ہوئی ایک کاغذ پر ویرو کے نوشتہ پر آ کھڑی ہوئی۔

چڑیا والا کاغذ اٹھا کر پڑھنے لگا۔

''چار شبد ہی لکھے ہیں بی بی، پر چار تولے سونے سے کم نہیں۔سن کر چڑیا کو ایک چونی اور دے دوگی— لکھا ہے 'اپنے پیاروں کا پیارا'۔

فتو بڑے پیار سے اپنی دلہن کی طرف دیکھنے لگا۔مگر اسی اثنا میں کسی نے چڑیا والے کی طرف ایک چونی پھینک کر کہا 'یہ لو، دوسری چونی ہم سے لے لو'۔

فتو نے آنکھیں گھما کر دیکھا کہ پنڈت کا بیٹا بھرو سے ماتھے پر تلک جمائے اپنے مشٹنڈے ساتھیوں کے ساتھ کھڑا اکھی کھی کر رہا ہے۔ وہ میان میں سے برآمد ہوتی ہوئی شمشیر کی طرح تند اور تابناک ہو اٹھا۔

''اپنی چونی اٹھا کے سب کے سامنے معافی مانگو بھرو سے، ورنہ''۔

''ورنہ کیا مُسلّے ؟— ہماری چیج پر کبجا کر کے ہم ہی کو دیدے دکھاتے ہو''۔

''تمھاری چیز پر—'' فتو نے بے قابو ہو کر پاس ہی سے نہ جانے کس کی لاٹھی کو جھپٹ کر لے لیا اور جب ان کی طرف لپکا تو قسمت والی رنگدار چڑیا پنجرے کا دروازہ کھلا پا کر پھر سے اُڑ گئی۔

(۴)

وہی ہوا جو ہونا چاہیے تھا۔

فتو اور ویرو کے دم توڑتے ہی یوسف اور اس کے چند ساتھی بھی آ پہنچے اور بھرو سے اور اس کے ساتھیوں پر ٹوٹ پڑے، اور جب بھرو سے دم توڑ رہا تھا تو ہندوؤں کے ایک گروہ نے مسلمانوں کو آلیا— اور جو ہندو اور مسلمان اس دنگے کو ختم کروانا چاہتے تھے۔ وہ اپنی جان بچانے کے لیے اِدھر اُدھر بھاگنے لگے اور سمجھنے لگے کہ دوسرے فرقے کے لوگ انہی پر حملہ کرنے کے لیے دوڑے آرہے ہیں اور اس طرح وہ بھی ایک دوسرے سے بھڑ گئے۔ میلے کا میدان دیکھتے ہی دیکھتے خون میں لَت پَت ہو گیا— ہندو اور مسلمان تو لڑتے رہے،

نگران کے خون کی لکیریں زمین پر بہہ بہہ کر یکجا ہوتی رہیں۔

اور جانور جوان کی بیل گاڑیوں اور یکّوں کو کھینچ کھینچ کر انھیں یہاں لائے تھے، اپنی بڑی بڑی آنکھوں کو جھپکے بغیر چپ چاپ انسان کی بربریت کا تماشہ کرتے رہے اور شاید حیران ہوتے رہے کہ بھوک مٹانے کے لیے مارنا ضروری ہی ہے تو جسے مارتے ہیں اسے تو کھالیں، یہ تو مارتے ہی چلے جارہے ہیں اور کوئی کسی کو کھاتا بھی نہیں؟

اور — اور کئی عورتیں — میراثن بھی۔ حضرت درویش مرحوم کے مزار سے لپٹ لپٹ کر پاگلوں کی طرح ہنسے جارہی تھیں۔

(۵)

افواہوں کے پر ہوتے ہیں نہ پیر، پھر بھی کہاں کہاں نہیں جا پہنچتیں؟ بات کرنے والے کا کوئی پتہ ہی نہ چلتا تھا، بس یہ سمجھ لیجیے کہ باتیں آپ ہی اپنے آپ کو پھیلائے جارہی تھیں۔ ایک یہ تھی کہ حضرت درویش سبھی مسلمانوں کے خواب میں آکے انھیں چوڑیاں پیش کررہے ہیں۔ ایک اور یہ کہ مسجدوں میں مسلمانوں سے قسمیں لی جارہی ہیں کہ ہر ایک کم سے کم دس کا صفایا کرے۔ اور کئی اور تھیں جو آسیبوں کے مانند بے پر انسانی لاشوں پر پھڑ پھڑا کر ہیبت کا سماں باندھ رہی تھیں۔

سرکار نے حضرت درویش کے مزار کے آس پاس سبھی دیہاتوں میں بڑا سخت کرفیو نافذ کر رکھا تھا۔ لاؤڈ اسپیکر پر بار بار اعلان کیا گیا کہ کرفیو میں جو بھی گھر سے باہر نظر آئے گا اسے گولی سے اُڑا دیا جائے گا۔ شرپسندوں نے پھر بھی جو کرنا تھا اپنے بچاؤ کی تدبیر کرکے برابر کرتے رہے۔ مگر بھولے بھالے لوگ خواہ مخواہ آوازیں دے دے کر موت کو بلاتے رہے۔ کنس راؤ کی سالگرہ کا دن تو تھا، لیکن اپنی موت کے دن کسی کے پیدا ہونے کے دن کا خیال کیسے آتا؟ لیکن میراثی نے ہنس کر کہا' کرپھیو کا میں نے کیا بگاڑا ہے جو میرا راستہ روک کر کھڑا ہو جائے گا۔ لالہ سے اپنا انعام وصول کر کے ابھی لوٹ آؤں گا''۔

''جانا ہے تو جاؤ، میری جان کیوں کھا رہے ہو؟'' فتو اور ویرو کے قتل کے بعد سے میراثن کے ہوش ٹھکانے نہ رہے تھے۔ ورنہ وہ جو کام اپنے مرد کے لیے ٹھیک نہ سمجھتی تھی مار پیٹ کر بھی وہ اسے اس کام سے روک لیتی تھی۔

جنھوں نے گولیوں کی آواز سنی تھی ان کا کہنا تھا کہ فوجی نے پہلی بار ہالٹ کہا تو میراثی تیز تیز چلنے لگا، دوسری بار کہا تو اس نے دوڑنا شروع کر دیا اور تیسری بار فوجی کی ہالٹ سن کر اتنی تیزی سے دوڑنے لگا کہ فوجی نے گولیوں کی بوچھار کر دی۔ کسی کو اس کی ہائے کی آواز بھی سنائی نہ دی۔ میراثن کو یہ خبر سنائی گئی تو پہلے تو اس کی سمجھ میں کچھ نہ آیا، پھر شاید آیا، یا شاید نہ آیا اور اس نے سر جھکا کر چپ سادھ لی۔ ایک بار آسے بتانے کی کوشش کی گئی تو وہ چلا کر کہنے لگی۔

''ہاں، ہاں، سن لیا ہے، اتنی بڑی بیماری پھوٹ پڑی ہو تو سبھی کو باری باری مرنا ہی ہوتا ہے''۔

مگر اسی شام وہ پڑوس میں جا کے رونے لگی ''میں اپنے اس موئے میراثی کو کہاں سے ڈھونڈوں؟ سویرے کا گیا ہوا ہے، ابھی تک نہیں لوٹا''۔

اس سارے علاقے میں سفید کبوتر بہت تھے، غنڈے من مانی کر کے صاف بچ نکلتے تو فوجی اپنی بندوقوں کو آسمان کی طرف گھما کر ان سفید کبوتروں کو ہی گرانے میں لگ جاتے اور کبوتر پھڑ پھڑاتے ہوئے ان کے قدموں میں آگرتے پھر وہ فتح یاب مستعدی سے مارچ کرتے ہوئے انھیں روند کر جلے ہوئے کچے مکانوں کے ملبوں کی طرف آگے بڑھ جاتے۔

جب فسادات کی روک تھام کے دوسرے طریقے کارگر نہ ہوئے تو حکومت نے فیصلہ کیا کہ مسلمانوں کے لیے تیس پینتیس میل کے فاصلے پر راجدھانی کے قریب ایک گاؤں میں کیمپ کھول دیا جائے۔

تاراپور گاؤں سے قافلے کی روانگی کی تیاری ہو رہی تھی کہ کنس راؤ سرپنچ اور گاؤں کے چند دوسرے ہندو بزرگ انھیں وداع کرنے آئے۔ پہلے تو فریقین ایک دوسرے کو پھٹی نظروں سے دیکھتے رہے اور پھر گلے مل مل کر رونے لگے۔

''میں بہت شرمندہ ہوں سلطان شاہ'' کنس راؤ نے کہا ''مجھ سے کچھ بھی بن نہ پڑا''۔

''ہر شریف آدمی شرمندہ ہے لالہ'' حکیم سلطان شاہ نے فقیروں کے سے عجز سے کہا اور کنس راؤ کا سہارا لینے کے لیے اس کے کندھے پر اپنا بوڑھا ہاتھ ٹکا دیا۔ ''غیر شریفوں کا

کیا شریف ہی بھگتتے آئے ہیں'' پھر اچانک کچھ یاد آنے پر اس نے اپنی شیروانی کی جیب میں ہاتھ ڈالا'' لالہ! رتن لال کی بیماری لمبی ہے۔ یہ تیس پڑیاں بنالایا تھا کہ کوئی مل گیا تو اس کے لیے دے دوں گا۔ اس سے کہنا ویسے ہی مکھن کے ساتھ ایک پڑیا ہر روز کھاتا رہے''۔

سرپنچ نے پڑیاں اپنی جیب میں رکھ لیں''۔ مجھے تو لگ رہا ہے شاہ کہ ہمارے باپ دادا — سبھی مرے ہوئے بزرگ آپ لوگوں کے ساتھ ہی گاؤں سے جا رہے ہیں''۔

رکھے تیلی کے بوڑھے باپ کے پوپلے منہ سے بے اختیار نکل گیا'' مگر لالہ، اپنے بچے تو ہم یہیں قبرستان میں چھوڑے جا رہے ہیں، ان کا خیال رکھنا''۔

کنس راؤ نے بوڑھے تیلی کا دکھ محسوس کر کے جواب دیا'' میرا تو جی چاہتا ہے بھائیا، اپنے ہی پیٹ میں چھرا گھونپ کر ہندوؤں سے تمھارا بدلہ چکا دوں''۔

اسی اثنا میں فوجی بگل نے قافلے کی روانگی کا اعلان کیا اور عین اسی وقت قافلے میں عورتوں کی ٹکڑی سے میراثن کی سراسیمہ آواز آئی۔

''ہائے میں اپنی گائے تو کھونٹے پر ہی بھول آئی ہوں''۔

'' گائے ہی تو ہے'' مرزائن اسے سمجھانے لگی'' یہ وقت اپنی جان بچانے کا ہے''۔

''نہیں، یہ لوگ اس بے جبان کو بھی کھتم کر دیں گے''۔

میراثن ابھی مُڑ مُڑ کے دیکھ ہی رہی تھی کہ دوسرے فوجی بگل کے ساتھ ہی قافلہ روانہ ہو گیا۔

'' لکھی — ی — ی!'' میراثن نے چیخ کر اپنی گائے کو پکارا اور قافلے سے نکل کر اُلٹے پاؤں بے سدھ بھاگنے لگی۔

(۶)

میراثن کی چیخ ابھی تک ان کے کانوں میں گونج رہی تھی اور زمین پر ان کے پاؤں اتنے ہلکے پڑ رہے تھے گویا وہ اپنے اپنے وجود کی بجائے خیال میں ہی جی رہے ہوں۔ سارے قافلے میں زندگی اور حرکت کا احساس صرف فوجی جوتوں کی ٹھپ ٹھپ سے ہو رہا تھا۔

حکیم سلطان شاہ کے قریب آ کر مرزا اس کے کان میں کہنے لگا۔'' راستے بھی ہمارے

ساتھ بھاگ رہے ہیں سلطان شاہ''۔

''کیا؟'' حکیم کی بھری ہوئی آنکھوں میں اپنے بیٹے یوسف کی لاش ڈوبی ہوئی تھی۔

''میں نے کہا، ٹھہرے ہوئے راستے بھی ہمارے ساتھ چلتے آرہے ہیں''۔

حکیم نے ایک بڑی لمبی ٹھنڈی سانس لی۔

''جب بڈھوں کا ہی ٹھہرنا نہ ہو مرزے تو بستیوں کے راستے بھی کیوں ٹھہرے رہیں؟''

''یہی تو میں کہہ رہا ہوں۔ انھیں سنبھال کر ساتھ ساتھ رکھو، ورنہ واپس کیسے آئیں گے؟''

حکیم نے ہاری ہاری ہنسی ہنس کر کہا ''سنبھال کے؟ سچ پوچھو مرزے تو یوسف کے جانے کے بعد اب کچھ بھی سنبھال کے رکھنا عبث معلوم ہوتا ہے''۔

''حوصلہ رکھو، اللہ سب سے بڑا ہے''۔

''ہاں مرزے، اللہ سب سے بڑا ہے''۔

وہ کافی دیر خاموشی سے ساتھ ساتھ چلتے رہے اور پھر ایک دم مرزا نے اپنی گردن حکیم صاحب کی طرف بڑھا کر کہا ''سلطان شاہ، ایک راز کی بات بتاؤں''۔

حکیم نے اپنے کان کھڑے کر لیے۔

''ابھی ابھی حضرت درویش مرحوم میرے ساتھ ہی چل رہے تھے اور مجھے بتا رہے تھے کہ میں نے بھی فیصلہ کر لیا ہے کہ اپنا مقام چھوڑ کر تمھارے ساتھ ہی ہولوں۔ ہر چہ بادا باد!''۔

(۷)

پورے ایک ہفتے کی تلاش کے بعد کنس راؤ میراثن کو ڈھونڈنے میں کامیاب ہوا۔ اس کے آدمیوں نے شام کے وقت اسے میراثی اور فتو کے قبروں کے پاس گھٹنوں میں سر دیے اپنے وجود کی قبر میں زندہ پڑے ہوئے دیکھ لیا۔

''اری او میراثن !— میراثن !''

میراثن نے گھٹنوں سے سر اُٹھا کر ان کی طرف دیکھا۔

''بہت ہو گیا بھائیو، اب میری جان چھوڑ دو''۔

''چلو، ہمارے ساتھ چلو''

''نہیں، دونوں نہیں، صرف ایک!'' اس کی نظر میں گڑگڑاہٹ تھی'' کلمہ پڑھ کے کوئی ایک مو جھے لے جاؤ، پھر آدھے گھنٹے کے بعد تلاک دے دینا''۔

''کیسی باتیں کر رہی ہو؟ چلو، تمھیں سرپنچ نے بلایا ہے''۔

سرپنچ سے مل کر پہلے تو میراثن کی روتے روتے گھگھی بندھ گئی۔ پھر غبار ہلکا ہوا تو بتانے لگی'' بڑے بدمعاش لوگ تھے۔ میں نے سوچا تھا کہ مجھے لکھی کے پاس لے جائیں گے، پر تمھیں کیا بتاؤں، جلمیوں نے میری ابّت کی بہت لوٹ مچائی۔ میراثی بے چارہ میری پھکر کر کر کے کبر میں اپنا ڈاڑھ کا درد بھول گیا ہوگا''۔

سرپنچ کا دل اتنا بھاری ہو رہا تھا کہ اسے اپنی ہلکی سی مسکراہٹ کا احساس بھی نہ ہوا۔

''لالہ، میں نے ہاتھ جوڑ جوڑ کر منت کی، مو جھے میرے لوگوں کے پاس پہنچا دو۔ پاپیوں نے ہنس کر جواب دیا۔تمھارے لوگوں کو تو پاکستان بھیج چکے ہیں، اتنے سال سے پاکستان بھی سنبھالے بیٹھے تھے اور ہماری چھاتی پر بھی مونگ دل رہے تھے۔ پاکستان کون سا گاؤں ہے لالہ؟ کیا تم مو جھے ان کے پاس پہنچا دو گے؟''

سرپنچ نے اُسے دلاسہ دیا'' ہاں، پہنچا دوں گا، اب تم سو جاؤ''۔

''میراثی کہا کرتا تھا تم دل کے پکّے مومن ہو۔ میری لکھو کو بھی ڈھونڈ نکالو''۔

''ضرور ڈھونڈ نکالوں گا۔ اب تم سو جاؤ''۔

میراثن کو سات دن میں پہلی بار کھلا کھلا آزادی کا سونا ملا تو سوتے سوتے اسے ساری رات محسوس ہوتا رہا کہ دوزخ کی آگ سے نکل کر بارش میں بھیگ رہی ہے۔ صبح اس کی آنکھ کھلی تو غنڈوں کی ہوس ناک پھنکاریں اس کے بدن سے بخار کے ذریعے خارج ہو رہی تھیں۔ سرپنچ نے سوچا کہ ضرورت ہوئی تو کیمپ میں ہی علاج کروا لے گی اور اسے سرکاری جیپ میں اپنے ساتھ بٹھا کر ڈرائیور کو چلنے کی ہدایت کی۔

(۸)

میراثن بارہ گھنٹے کیمپ کے اسپتال میں پڑی رہی، اور تھوڑا ہوش میں آتے ہی اس

نے پانی مانگا۔ ڈاکٹر اسی دم اس کی طرف متوجہ ہو گیا اور گلاس بھر کر اسے نہایت محبت سے پانی پلانے لگا۔

''چھوٹے چھوٹے گھونٹ بھرو، ماں''۔

میراشن کا پھنکا ہوا کلیجہ چھوٹے چھوٹے گھونٹ بھرتے ہوئے ٹھنڈا ہونے لگا اور اس نے اپنی ملائم سی نظر بجلی کی دھیمی روشنی میں نوجوان ڈاکٹر کے چہرے پر نکالی۔

''تمھارا کیا نام ہے؟''

''میں یہاں ڈاکٹر ہوں، ماں''۔

''میرا فتو بھی بالکل تمھاری تراں اونچا لمبا تھا— تمھارا نام کیا ہے؟''

''نندکشور، ماں''۔

ڈاکٹر اس کے ماتھے پر ہاتھ رکھ کر اس کا بخار محسوس کرنے لگا۔

ہمارے حکیم ساب کو کھبر کر دو بیٹا، میں بھی پاکستان آ پہنچی ہوں''۔

◆◆◆

سٹرپ ٹیز

''تم شادی کیوں نہیں کر لیتیں؟''

ہمارے کالج کی سٹاف لسٹ پر پوری ایک درجن عورتوں کے نام تھے، مگر میری صرف پیمی سے ہی اتنی بے تکلفی تھی... نہیں، بے تکلفی ہی نہیں، جی ہی جی میں وہ... میں اکثر محسوس کرتا... میرے گلے میں باہیں ڈالے ہوتی اور مجھ پر جھکتے ہوئے اچانک اپنی نیت کی بھنک پا کر اپنی کرسی کو مجھ سے ذرا اور دور کھینچ لیتی، اور میں ہنسنے لگتا تو وہ چڑ کر پوچھتی، ہنس کیوں رہے ہو؟

اس وقت بھی مجھے ہنستے ہوئے پا کر اس نے پوچھا ''کھی کھی کیوں کیے جا رہے ہو؟''

میری کھی کھی اور اونچی ہو گئی۔ ''بس یونہی''۔

''بس، یونہی'' اس نے میری نقل اتار کر پوچھا۔ ''آخر تم کسی بالغ کی طرح کب سوچنا شروع کرو گے؟''

''جب بالغ ہو جاؤں گا پیمی''۔ مجھے معلوم تھا کہ اسے اوروں کے خودسر بالغ رویوں سے بھی چڑ ہے۔

پیمی نے میری چائے میں چینی کی دو ٹکیاں گرا کر ہدایت کی کہ ایک پر ہی قناعت کرنا سیکھو۔

''دو زیادہ میٹھی ہوتی ہیں پیمی''۔

''اور مضر بھی''۔ بیرے کو اور چائے لانے کو کہہ کر وہ مجھ سے پوچھنے لگی ''تم کیا کہہ رہے تھے؟''

''میں کہہ رہا تھا، اب شادی کر لو۔ میں تمھیں دلہن کے لباس میں دیکھنا چاہتا ہوں''۔

''سٹوپڈ!'' وہ اپنے جسم کو موٹے کپڑوں اور باتوں کو ہمیشہ بھڑکیلی اصطلاحوں سے ڈھانپ کر رکھتی تھی۔ ''میرج کی انسٹی ٹیوشن ہمارے جذبۂ رفاقت کی تسکین کے لیے بہت ناکافی ہے خان۔ اس انسٹی ٹیوشن کا یہی رول ہے کہ ہمیں اپنی غلط کاریوں کا قانونی لائسنس مل جائے...''

''تو آؤ، پھر شادی کے بغیر ہی...''

''نان سنس!... ہم جانور ہیں یا انسان؟ کیا ہم میرج اور سیکس کے بغیر ایک ساتھ نہیں رہ سکتے؟ انسانی تعلقات کا انحصار اس پر نہیں کہ سماج سے لائسنس لے کر ہم پوری ایک صدی جُڑ کر بیٹھے رہیں...''

''یہی تو میں کہہ رہا ہوں پیمی ڈیئر، جو کام پل بھر میں ہوسکتا ہے اسے انجام دینے میں ہم پوری ایک صدی کیوں صرف کریں؟...''

''نہیں!'' اس نے مجھے ٹوک دیا۔ ''پہلے مجھے اپنی پوری بات کہہ لینے دو...''

میں بے چینی سے میز کے نیچے اپنی دونوں ٹانگیں ہلا ہلا کر اب اپنے آپ کو فلسفہ کی لیکچرار کی پوری بات سننے کے لیے تیار کرنے لگا، لیکن اسی اثنا میں خوش قسمتی سے بیرا چائے لے کر آ گیا ''لو تمھاری چائے آ گئی ہے''۔

اس نے مجھے نظر انداز کر کے اپنا بیان جاری رکھا۔ ''میں وہ نہیں کہہ رہی ہوں جو تم سمجھ رہے ہو...''

میں خوش ہو گیا کہ اس نے میری بات کی ٹوہ پالی ہے۔

''تم ادبی لوگ بہت سطحی ہوتے ہو خان...''

''وہ تو ہے ہی...'' مگر میں نے ہتھیار ڈالتے ڈالتے خواہ مخواہ پستول کا گھوڑا دبا دیا۔ ''مگر گہرائی کا ناپ تول بھی تو کسی سطح سے ہی ہوسکتا ہے''۔

''نہیں یاوہ گوئی سے کام مت لو''۔ پیمی اپنی چائے کے پانی میں دودھ ملاتے ہوئے خوش رنگ ہونے لگی۔ ''تم لوگ دراصل اپنی روح کے وجود سے بے خبر ہو، بس جسم کی بے تکی کھلواڑ سے ہی جی بہلائے رکھتے ہو۔ تم واقعی بہت سطحی ہو۔ ذرا سوچو بھی، تو صرف کیے دھرے پر سوچتے ہو؛ حالاں کہ خالص سوچوں کے امکانات عمل سے لاتعلق ہوتے ہیں

اور...'' وہ شاید اپنے کپڑوں میں میری آنکھوں کے گھسنے کی آہٹ پا کر اپنی قمیص کا اوپری بٹن بند کرنے لگی اور اس کا ذہن انسانی تہذیب میں پہناوے کی اہمیت کی طرف مُڑ آیا اور وہ خالص سوچوں کے امکانات کو بھول کر بتانے لگی'' خان، انسان بھی اگر جانوروں کی طرح بے لباس رہنے کا عادی ہوتا تو کوئی مہذب تر مخلوق اسے بھی اپنے چڑیا گھروں میں بند رکھتی...''

ایک خیال آنے پر میں اپنے آپ کو روک نہ سکا'' تم نے پڑھا ہے؟ امریکی لوگوں نے ایک بڑا دلچسپ کھیل شروع کیا ہے''۔

'' کیا؟ کوئی جسموں کا کھیل؟...''

اِس نادان فلسفی کو کون سمجھاتا کہ جسموں کے بغیر روحوں کے خدوخال پر بھی نظر نہیں ٹھہرتی'' ہاں، امریکی لوگوں نے ایک تحریک چلائی ہے کہ جانوروں کو بھی انسانوں کی طرح ہمہ وقت کپڑوں میں نظر آنا چاہیے''۔

'' واٹ...ٹ!''

'' ہاں'' میں یہ سوچ کر ہنسنے لگا کہ ہماری پمی بھی ایک پیاری سی پالتو بلی ہے جسے کسی معزز امریکی نے ہر جانب سے بخوبی ڈھانپ رکھا ہے... ہاں!... میں اور زیادہ ہنسنے لگا... انسان بھی تو اپنے آپ کو اسی خوف سے ڈھانپ کر رکھتا ہے کہ اس کا حیوان چھپا رہے...

'' بڑا اچھا خیال ہے''۔ ہمارے فلسفی کے ذہن کو بھاگ دوڑ کے سوا اور کرنا ہی کیا ہوتا ہے۔'' لباس کا تصور اسی لیے بے محل نہیں خان، کہ ہماری حیوانیت کی ستر پوشی ہوتی رہے۔ اسی لیے ہمارے معززین چڑیا گھروں کے ننگے جانور دیکھنے نکلتے ہیں تو اپنی برتری بنائے رکھنے کے لیے بڑے بڑے ٹاپ کوٹ پہنے ہوتے ہیں... جانتے ہو، کیا؟...'' اس نے چائے کا پیالہ خالی کر کے میز پر رکھ دیا۔'' پچھلے ہفتے میں بھی رائل زو دیکھنے چلی گئی تھی۔ اس وقت تو مجھے یہ بات قطعاً نہ سوجھی، پر کیا خان، کہ ننگے ننگے افریقی بن مانسوں اور عربی گھوڑوں کو دیکھ دیکھ کر میں سارا دن پریشان رہی۔ یقین کرو، ایک سیاہ گھوڑا تو...اب میں تمھیں کیسے بتاؤں؟...''

میں ہنستے ہنستے گویا نہنار ہا تھا۔

اسی دوران اچانک مجھے یاد آیا کہ آج تو ایکویٹر کلب میں سٹرپ ٹیز شو ہو رہا ہے۔
سٹرپ ٹیز!...کتنا عجیب نام ہے۔ خوبرو عورتیں مردوں کو ٹیز کرنے کے لیے ناچ ناچ کر اپنے لباس کے سٹرپ اتارتی چلی جاتی ہیں۔
میں نے گھڑی دیکھی۔ شو شروع ہونے میں ابھی آدھ گھنٹہ باقی تھا۔
"پیمی، مجھے کہیں جانا ہے"۔
پیمی حیرت اور غصے سے میری طرف دیکھنے لگی۔
"تم تو کہتے تھے کہ ساری شام اکٹھے ہی بسر کریں گے"۔
"ویری ساری پیمی! مگر..."
"مگر جانا کہاں ہے؟"
"سٹرپ ٹیز شو...!" میں نے ذرا جھجک کر اسے بتایا۔
پیمی بھی خواہش آمیز جھجک سے میرے ساتھ چلنے پر تیار ہو گئی۔
"تم...؟!"
"ہاں، کیا یہ حق صرف مردوں کو ہی حاصل ہے؟ میں دیکھنا چاہتی ہوں کہ یہ اوباش عورتیں اپنی عفت کے ٹکڑے اتار اتار کر کیوں کر مسکراتی رہتی ہیں..."
"تو چلو!"
جب ہم ایکویٹر کلب کی بلڈنگ میں داخل ہوئے تو وقت سے دس منٹ اوپر ہو لیے تھے۔
ریسپشنسٹ نے مجھے روک لیا۔
"ساری! آپ جیکٹ پہنے بغیر ہال میں نہیں جا سکتے"۔
"ارے بھئی، جانے دو نا!" مجھے شام کے وقت جیکٹ پہننے میں بڑی الجھن ہوتی تھی۔
"ساری سر! ہماری کلب اسی لیے معزز سمجھی جاتی ہے، کہ ہم اپنے اصول نہیں توڑتے"۔
"معزز!" پیمی نے ناک سکوڑ کر میرے کان میں کہا "شیطان بھی معزز ہوتا ہے؟"

''ہاں''، پیمی، آج تمھیں یقین ہو جائے گا کہ دوزخ اور دنیا میں سب سے بڑے اعزاز کا مالک یہی آرچ اینجل ہے''۔ پھر میں نے ریسپشنسٹ کو مخاطب کر کے کہا''اوکے! آپ مجھے کلب کا ایک جیکٹ کرائے پر دے دیجیے''۔

''یس سر!''

میں نے جیکٹ پہن لی اور کلب میں داخل ہوتے ہوئے ایک نیم عریاں عورت کو ناچتے دیکھ کر ٹھہر گیا۔

''چلو نا!''پیمی نے مجھے ٹہوکا دیا''آگے بڑھو''۔

اور ہم آگے بڑھ کر ایک کونے میں صوفوں میں دھنس گئے۔

''افوہ!''

پیمی نے نیم عریاں ڈانسر کی طرف نظر اٹھائی تو وہ اپنے لباس کا ایک اور سٹرپ اتار کر پرے پھینک رہی تھی۔

''یہ عورت ہے یا...''

''عورت!''میں نے مسکرا کر اس کا فقرہ پورا کیا۔''دونوں طرح یہ عورت عورت ہی ہے۔ کپڑے اتار کر عورت مرد تو نہیں بن جاتی''۔

''نو خان، سیکس کا تصور ہی کیا کم گھناؤنا ہے جو اس کی پریڈ بھی کی جائے''۔

''یس، سیکنڈلس! مگر اسی لیے تو اتنے لوگ جمع ہیں''۔

''مجھے تو... یہاں ڈر سا لگ رہا ہے بابا''پیمی کے لب و لہجے سے بھی آکسوئین غلاف کے سٹرپ اتر رہے تھے۔

میں نے بیرے کو بلایا۔

''برانڈی اور جنجر ایل، دو کے لیے''۔

''میں بھی برانڈی پیوں گی؟''

''نہیں؟''

''نہ بابا، کڑوی ہوگی''۔ اس نے اپنی نگاہ پھر سٹرپ ٹیز پر اٹھالی۔

''ڈیم نیشن!...''

میری سمجھ میں نہ آیا کہ اس نے حامی بھر لی ہے یا نہیں۔

سٹرپ ٹیزر نے ناچتے ناچتے اپنے بازو ہوا میں لہرائے تو اس کے لباس کا ایک اور ٹکڑا نیچے آ گرا۔

"کیا یہ عورت آخر میں بالکل ننگی ہو جائے گی، خان؟"

"یہ بے چاری ہی کیا، آخر میں تو ہم سب بالکل ننگے ہو جاتے ہیں"۔

وہ شاید نہیں ہنسی مگر مجھے لگا کہ وہ ہنس دی ہے۔

اتنے میں برانڈی اور جنز ایل آ گئی اور میں ہیمی کے برانڈی کے گلاس میں جنجر ایل انڈیلنے لگا۔

"نہیں، میں برانڈی نہیں پیوں گی"۔ اس نے گلاس پرے کر دیا "صرف جنجر ایل!"

"تھوڑی سی" میں نے پھر ملائم سا اصرار کیا۔ "میری خاطر!..."

ہیمی نے منہ بنا کر گلاس تھام لیا۔

"اس سٹرپ ٹیز شو میں کچھ آرٹ نہیں"۔ ہمارے پہلو کی میز پر ایک انگریز نوجوان اپنی محبوبہ سے کہہ رہا تھا۔ "اٹ از ناٹ آبسین اینف!..."

"نو، اِن ڈیڈ!"

"پیرس میں ایک سٹرپ ٹیزر دیکھی تھی میں نے" انگریز نوجوان بے چین سی آواز میں بتا رہا تھا۔ "دی کوئین آف سٹرپ ٹیز آرٹ! اِچ اے بیوٹی فُل بلڈ اَپ یُو نو!..."

"بڑی کڑوی ہے" ہیمی نے جلدی جلدی برانڈی کے گھونٹ بھرے تو سٹرپ ٹیز آرکسٹرا کی دھنیں تیز تیز ہو کر جامے سے باہر آ گئیں۔

"مرد کی ذات بہت بری ہوتی ہے" ہیمی اپنے وزنی لباس کے باوجود ہلکی پھلکی معلوم ہونے لگی تھی۔ "تم مجھے یہاں کیوں لائے ہو؟"

"چلو، واپس چلتے ہیں"۔

"نہیں، میں یہ دیکھنا چاہتا ہوں، کیا یہ عورت واقعی اتنی گری ہوئی ہے؟... اتنے لوگوں کی آنکھوں کے سامنے سارے کپڑے اتار دے گی؟..."

اسی اثنا میں تین اور سٹرپ ٹیزر ناچتی ہوئی فلور پر اتر آئیں اور اپنی اشتہاری سی نشر

گاتے گاتے گلوکار کی آواز مزید سرگرم ہوگئی۔

لُک!

لُک ایٹ ہَر وائیٹ لیگز!

داموونگ بیوٹی!

ہر آل وائیٹ لیگز!

ہر...

''نری بکواس!'' پہلو کی میز پر انگریز نوجوان کی محبوبہ نے اپنی ٹانگیں گھٹنوں تک ننگی کرلیں۔

''ہاں، نری بکواس! اگلے سال میں تمھیں پیرس لے جاؤں گا۔ وہ بات یہاں کہاں؟...''

''کیا وہ گانے والا آدمی وہیں کھڑا کھڑا گاتا رہے گا؟'' ہیمی اپنا گلاس خالی کرکے مجھ سے پوچھنے لگی۔

''ہاں''

''او...ہ!...میں تو کچھ اور ہی سمجھ رہی تھی''۔

''کیا؟''

''کہ یہ بھی گاتے گاتے اپنے کپڑے اتارنا شروع کردے گا''۔ نہ جانے وہ کیا کہنا چاہ رہی تھی۔

''تمھارے لیے اور برانڈی؟''

''نہیں!''

''ایک اور پلیز!...'' میں نے پھر ملائم سا اصرار کیا۔

''سب مرد لفنگے ہوتے ہیں''۔

اور میں نے دو اور برانڈی اور جنجر ایل کا آرڈر دے دیا۔

دفعتاً کلب ہال کی بتیاں دھیمی ہونے لگیں اور چاروں سٹرپ ٹیز رتھرک تھرک کر اپنے اپنے پہناوے کے ٹکڑے سرعت سے فرش پر گرانے لگیں اور ان کے عریاں جسموں پر

نگاہ جمائے میں ان کی برہنگی کا ذرا عادی ہو گیا تو مجھے معلوم ہونے لگا کہ انھوں نے اپنی اپنی چمڑی پہن کر اپنے وجود کے ہر حصے کو نہایت احتیاط سے ڈھانپ رکھا ہے۔

''پیمی!'' برانڈی اور جنجر ایل کا گھونٹ بھرتے ہوئے مجھ سے رہا نہ گیا'' آؤ، ہم ایک دو ماہ کی ایک چھوٹی سی شادی کر ہی لیں''۔

''وا...ٹ؟!...دو ایک ماہ!...''

ہال کی مدھم روشنی میں میرے پُر امید چہرے پر پرچھائیں پڑ گئی، لیکن وہ اپنا گلاس خالی کر کے کہنے لگی۔

''صرف آج!'' (صرف جنجر ایل!)

اچانک میرے کانوں میں دو چار غبارے پھٹے اور میں نے سر اٹھا کر دیکھا کہ چاروں سٹرپ ٹیزر ناچنے کے انداز میں چلتے چلتے پیمی کے آس پاس آ کھڑی ہوئی ہیں، اپنے آگے بازوؤں میں ہوا سے بھرے ہوئے رنگ برنگے غبارے لیے ہوئے، مادر زادننگی! سب تماشائیوں کی نظریں ادھر ہماری جانب ہی ٹِک گئیں۔

''ان میں بھلا سب سے ننگی کون لگ رہی ہے؟'' انگریز نوجوان کی محبوبہ نے اپنے بوائے فرینڈ سے سوال کیا۔

''وہ...!'' اس کے بوائے فرینڈ نے پیمی کی طرف انگلی اٹھا کر جواب دیا۔'' جس نے اپنے آپ کو اتنا ڈھانپ رکھا ہے''۔

◆◆◆

بیک لین

لال پگڑی والے نے مجھے روک لیا ہے۔

''کہاں جارہے ہو؟''

میری سمجھ میں نہیں آرہا ہے کہ میں اسے کیا بتاؤں؟

''جاؤ، خبردار، جو اِدھر اُدھر آنکھ اٹھائی۔ ناک کی سیدھ میں چلتے جاؤ''۔

چلو، چھٹی ہوئی، یہ لوگ نا معلوم کیوں مجھے روک روک کر خبردار کرتے رہتے ہیں۔ میں کوئی ایسا ویسا آدمی نہیں ہوں۔ ہمیشہ اپنی ناک کی سیدھ چلتا ہوں۔ کوئی کسی طرف بھی منہ کرے، چلنا تو اسے اسی طرف ہوتا ہے، جدھر اس کی ناک منہ کیے ہو۔ موٹی سی بات ہے۔ پر غریب بے چارہ بولے تو کیا بولے؟ میں سر ہلا ہلا کر گویا لال پگڑی والے کو بار بار سلام کرتے ہوئے ناک کی سیدھ میں چل رہا ہوں اور شرمندہ ہوں کہ کچھ نہ کرنے پر بھی پکڑا گیا ہوں۔

''ٹھہرو!''

اس کی آواز پر میرے پیر چلتے چلتے میری مرضی سے یا مرضی کے بغیر ایک دم ٹھہر گئے ہیں۔ میں ہوں کیا، جو اپنی مرضی سے رکوں یا چلوں؟

اس نے تیزی سے میرے قریب آکر پوچھا ہے...''اس جھولے میں کیا ہے؟''

میں اپنے کام پر نکلتا ہوں تو چادر کا جھولا بنا کر دائیں کندھے سے لٹکا لیتا ہوں۔

''بولو...!''

میں نے گھبرا کر جھولے کو پیٹھ کی طرف پھیر لیا ہے۔ اتنا پردہ تو بنا ہی رہنا چاہیے کہ دل پھوٹ پھوٹ کر کھال کے باہر نہ آنے لگے۔

''بولتے کیوں نہیں؟ جھولے میں کیا چھپا رکھا ہے؟''

لال پگڑی والے نے جھپٹ کر جھولے کو تیز تیز ٹٹولا ہے اور پھر منہ لٹکا کر گویا ہوا ہے،

''یہ تو خالی ہے!''

اس کا منہ غصے سے پھول کر پھٹا پرانا فٹ بال سا بنا ہوا ہے۔ منو کباڑیے کے پاس لے جاؤ تو اس حالت میں بھی چونی دے ہی دے گا... خوفزدہ ہونے کے باوجود میں شاید ہلکا سا مسکرا دیا ہوں۔

''ہنس کیوں رہے ہو؟ مجھے بے وقوف سمجھتے ہو؟''

میں نے 'نہیں' کہنے کے لیے بڑے ادب سے سر ہلایا ہے مگر کسی بے وقوف کو جھوٹ موٹ یقین دلایا جائے کہ وہ بے وقوف نہیں تو اسے اپنی بے وقوفی پر اور غصہ آنے لگتا ہے۔

''تم بدمعاشوں کو میں خوب جانتا ہوں۔ خالی جھولا لٹکائے موقع کی تاک میں گھومتے پھرتے ہو''۔

یہ بات اس کی جھوٹی نہیں مگر سبھی لوگ یہی تو کرتے ہیں۔ ہر ایک اپنے دل میں جھولا لٹکائے اسی تاک میں مارے مارے پھرتا رہتا ہے۔ کیا معلوم کب کیا ہاتھ آجائے۔

''بھاگ جاؤ، ورنہ خون پی جاؤں گا''۔

میں یہ سوچتے ہوئے آگے ہولیا ہوں کہ ہزار غصے کے باوجود جنگلی جانور بھی پئیں تو پانی ہی پیتے ہیں۔ پھر آدمی کیوں اپنا پارہ چڑھتے ہی لہو کا پیاسا ہو جاتا ہے...؟ آج سویرے کی بات ہے کہ کھانے کے لیے روٹی کی پوٹلی کھول کر میں نے جو ذرا پیٹھ موڑی تو فقیرا نے روٹی پر جھپٹا مار کر اسے منہ میں لے لیا اور بھاگ نکلا... فقیرا میرا کتا ہے جو میری غیر حاضری میں میری جھونپڑی کی رکھوالی کرتا ہے... اس کے پیچھے میں نے گالیوں کی پوری فوج چھوڑ دی مگر وہ سب سے بچ کر صاف نکل گیا۔ بتانے میں یہ جا رہا ہوں کہ فقیرے کو گالیاں بکتے ہوئے میری زبان دانتوں میں آکر کٹ گئی اور لہولہان ہوگئی... اور پتہ نہیں بھوک لگی ہوئی تھی یا کیا؟ لہو کا ذائقہ مجھے بڑا اچھا لگا اور میں کافی دیر انجانے میں اپنا لہو بڑے مزے سے حلق سے اتارتا رہا۔ اپنی خوراک کا بندوبست اگر اپنے ہی بدن میں سے ہوتا رہے، تو سارے جھنجھٹ سے چھٹکارہ ہو جائے...

اپنے خیال کی رو میں میں یہاں کوٹھیوں کے آگے سڑک پر آ گیا ہوں۔ میرا یہاں کیا کام ہے؟ سڑک کے دونوں طرف پالش کیے ہوئے پتھر کی خوبصورت کوٹھیاں ہیں اور ان کے آگے چار ایک فٹ کی باہری دیواروں تک پتھر ہی کے فرش پر باغیچے لگے ہوئے ہیں جن کے رنگ برنگے پھولوں نے دیواروں سے سر اٹھا کر میری طرف دیکھا ہے اور پھر آپس میں سرگوشیاں کر کے ہنسنے لگے ہیں۔

میں نے شرمندہ ہو کر سر جھکا لیا ہے۔

میرے پیروں کے نیچے سڑک اتنی صاف ہے کہ اس پر چلتے ہوئے اپنا بدن مجھے دھبہ سا لگا ہے... ہاں، اتنے صاف ستھرے آس پاس میں میرا کیا کام؟ ایک میں ہی میں یہاں اس قدر گندا معلوم ہو رہا ہوں، مانو کسی کوٹھی والے نے اپنا کوڑا کرکٹ کوٹھی کی پچھلی گلی کی بجائے آگے کی طرف پھینک دیا ہو۔ مُنّو کباڑیے سے میں نے کئی بار کہا ہے، کباڑ کم ہے تو مجھے بھی اس میں ڈال کر لے لو، پر دام پورے دو۔ مگر مُنّو مجھے صاف جواب دیتا ہے، دام تو چیز کے ہوتے ہیں، تم کس کام کے؟ سو میں ان کوٹھیوں کی پچھلی گلیوں میں ان کے ڈھیروں گند میں سے اس کے کام کی چیزیں چن چن کر اپنا جھولا بھرتا رہتا ہوں۔

میں پچھلی گلی میں داخل ہونے کے لیے مُڑ گیا ہوں اور وہاں پہنچ کر نتھنوں میں مانوس بو باس گھستے ہی مجھ میں دَم پیدا ہونے لگا ہے۔ ان جانی پہچانی بوؤں کے دھکم دھکا میں میرا جی چاہتا ہے کہ بے اختیار ہنستا چلا جاؤں۔ پچھلے ہفتے اسی کیفیت میں میری ہنسی تھمنے میں نہ آ رہی تھی کہ ایک مرغ، وہ... ہاں، وہ... وہی ہے... وہ مرغ اپنی مرغی کے پیچھے بھاگتے ہوئے اچانک اچھل کر میرے کندھے پر آ بیٹھا اور سانس کے سارے در کھول کر بانگ دینے لگا۔ اور مجھے لگا کہ اس پھڑ پھڑاتی بانگ کے پروں تلے میں انڈے کا انڈا اپنے آپ پھوٹ گیا ہوں اور اندھیرے سے باہر آ کر اُجالے کی جل تھل میں نہانے لگا ہوں۔

بابو کتا بھی میرے پیچھے پیچھے گلی میں آ پہنچا ہے۔ بابو کو اس کا نام میرا ہی دیا ہوا ہے اور کچھ دینے کو میرے پاس ہے ہی کیا؟ یہاں کے نوکروں اور کتوں کو بابو کہہ کے بلاتا ہوں تو وہ بہت خوش ہوتے ہیں۔ ایک بار چار نمبر والوں کے نوکر کا منہ اپنے گھر والوں کی گالیاں کھا کھا کے پھولا ہوا تھا، کہ میں نے بڑے پیار سے اس سے کہا۔ ''دوائی کے دام نہ ہوں بابو، تو

بیماری کو ہنسی خوشی جھیلنے سے بھی آدمی ٹھیک ہو جاتا ہے''...وہ بے چارہ رونے لگا...روؤ نہیں بابو... بابو... بابو... مجھے کیا پتہ تھا کہ بابو کتا بھی پاس ہی کھڑا ہے۔ اس نے مجھے اس کا نام اس لونڈے کے حوالے کرتے ہوئے پایا تو غصے میں چھلانگ لگا کر نردوش کی پنڈلی کو اپنے دانتوں میں لے لیا... بابو جہاں بھی ہو میرے یہاں پہنچتے ہی بو پا کر دُم ہلاتے ہوئے چلا آتا ہے۔

مجھے اپنی طرف متوجہ نہ پا کر وہ اپنے بند منہ سے غرّایا ہے۔

''ہاں، ہاں، دیکھ لیا ہے بابو۔ کہو... کیسے ہو؟''

میں نے اس کی طرف سر اٹھایا ہے اور اس کے منہ میں ایک سالم ڈبل روٹی دیکھ کر، میرا پیٹ خالی ڈھول کی طرح تھئی تھئی بجنے لگا ہے...آؤ۔

میں گلی کے بیچ میں ہی بیٹھ گیا ہوں اور اس نے اپنا منہ کھول کر ڈبل روٹی میرے آگے مٹی میں گرا دی ہے۔

او بے وقوف، مٹی میں کیوں گرا دی ہے؟ کھانے والی چیزوں کو تو آنکھوں میں اٹھا کر رکھتے ہیں۔

میں نے ڈبل روٹی سے مٹی جھاڑ کر آدھی اس کے آگے ڈال دی ہے اور آدھی پر اپنا منہ مارتے ہوئے مجھے یاد آیا ہے کہ آج میں نے چھوٹو کے ہاتھ فقیرے کو روٹی بھیجی تھی۔ بھوکا آدمی ہے۔ اس نے آپ ہی کھالی ہوگی...میں ہنسنے لگا ہوں، خالی پیٹ میں ڈبل روٹی اترنے سے یا اپنے اس خیال پر، کہ جسے ہم کتا کہتے ہیں اس کی تو بھوک سے جان نکل رہی ہوتی ہے مگر ہم یہ چاہتے ہیں کہ وہ آدمیوں کی طرح پچھلی دو ٹانگوں پر کھڑا ہو جائے اور اگلی کو ہاتھوں کی طرح باندھ کر ہم سے اپنی اجرت کی بھیک مانگتا رہے۔ میں نے گویا فقیرے کو پیار کرنے کے لیے بابو کی پیٹھ پر ہاتھ پھیرا ہے اور اس بے زبان نے بھونک کر مجھ سے پوچھا ہے، اور لاؤں؟

مجھے معلوم ہے کہ باہری سڑک پر جب وہ چڑچڑا اور بڈھا حلوائی گدی پر بیٹھے اونگھنے لگتا ہے تو بابو موقع پاتے ہی اس کے تھالوں سے کچھ نہ کچھ اُچک لیتا ہے۔ بڈھا بے چارہ ہر چیز گنتی سے رکھتا ہوگا۔ مگر اس کے کم پڑ جانے پر اپنے بوڑھے حافظے اور جوان بیٹے کو کوستا

ہوگا... حرام کی اولاد آوارہ گردی کرتا پھرتا ہے۔ سارا کام سنبھال لے تو میں کیوں ہڈیوں کو کوٹ کوٹ کر لڈو بناتا رہوں...؟ تین چار دن پہلے میری جیب پیسوں سے بھری ہوئی تھی۔ میں نے بابو سے کہا، آؤ، آج بڈھے کو پیسے دے کر کھاتے ہیں۔ بابو میرے آگے آگے گویا سوٹ بوٹ پہن کے ہولیا اور بڈھے کی دکان پر اس نے بڑی شان سے بھونک لگائی، دو ڈبل روٹیاں دو... جلدی!

بابو نے پھر سے پوچھا ہے۔ بس یا اور لاؤں؟

نہیں، اتنی ہی بہت ہے۔ آؤ! اب اپنا کام کریں۔

سب سے پہلے میں کوڑے کے ڈرم کو اُلٹ دیتا ہوں اور بابو میری سہولت کے لیے پنجے مار کر کوڑے کو خوب پھیلا دیتا ہے اور پھر میں اپنے مطلب کی چیزیں چُن کر کوڑا اکٹھا کر کے ویسے ہی ڈرم میں ڈال دیتا ہوں۔ ہر کوٹھی کا ڈرم الٹتے ہی ان لوگوں کی ساری گندگی میری آنکھوں میں آجاتی ہے۔ خدا بچائے ... میرا دھندہ ہی یہی ہے۔ مجھے معلوم ہے اوروں کی گندگی کھجیارنا اچھا کام نہیں، گند ڈھنپا ڈھنپا نہ رہے تو روگ ہی پھیلتے ہیں، مگر میں کیا کروں؟ ان کے کوڑے کے ڈھلنے نہ کھولتا رہوں تو بھوکوں مروں۔

آؤ!... میں نے تین نمبر والوں کا ڈرم اُلٹ کر بابو سے کہا ہے۔ مجھے پہلے سے ہی پتہ ہے کہ اس ڈرم سے ردی کاغذ، شراب کے خالی ادھے اور پوّے اور سگریٹ کے بے حساب ٹکڑے نکلیں گے۔ منّو کباڑیہ کہتا ہے کہ اخبار کا کاغذ لایا کرو۔ کہاں سے لے جاؤں اخبار کا کاغذ؟ گھر والے کو خبروں کی ٹوہ بھی تو ہو۔ اسے تو اتنا بھی علم نہیں کہ اس کے گھر میں کیا ہو رہا ہے۔ پروفیسر صاحب جب رات دن اپنی الّم غلّم سوچوں سے کورے کاغذ کالے کر کر کے ردی کی ٹوکری بھر رہے ہوتے ہیں تو ساتھ کے کمرے میں ہی ان کی بیوی جوان نوکر کو گرما رہی ہوتی ہے... سب سے پہلے میں خالی بوتلوں کو اٹھا کر جھولے میں ڈالنے لگا ہوں۔ کیا مجال، کسی بوتل میں شراب کی ایک بوند بھی باقی ہو۔ سالا نوکر ہر بوتل میں رہی سہی کو پانی میں گھول کر غٹ غٹ چڑھا جاتا ہے، نہیں تو اتنی بوتلوں میں سے بوند بوند بھی جمع کیا کروں تو ہفتے میں ایک بار تو میرا جلسہ ہو ہی جایا کرے... ہاں، اس دن مجھے اس ڈرم سے ایک پورا ادھ کھلا ادھا مل گیا تھا۔ انجانے میں پھینک گیا ہوگا، ورنہ اس ماں کے یار کے ہتھے

چڑھ جاتی تو اسے کیا اپنے باپ کے لیے یہاں ڈال جاتا؟ میں اس دن کام دھندا چھوڑ کے خوشی سے ہانپتے ہوئے سیدھا اپنی جھونپڑی میں چلا آیا اور خالی پیٹ میں بوتل خالی کر کے سارا دن اور ساری رات فرش پر اوندھا پڑا رہا۔ فقیرا غصے سے غرّ اغرّ ا کر میرا بدن کٹکٹاتا رہا مگر نشے میں مجھے یہی لگتا رہا کہ میرے نصیب کھل گئے ہیں اور دودھیا چام سے لدی ہوئی گھر والی سچ مچ کہیں سے میرے ساتھ بسنے کو آ گئی ہے اور میرے بدن کو چوم چاٹ کر میری جنم جنم کی تھکان چوسے جا رہی ہے... دوسرے دن میری آنکھ کھلی تو فقیرے نے مجھے دل کھول کر سنائیں۔ میں پہلے تو اسے شرمندگی سے سنتا رہا۔ پھر سر اوپر اٹھائے بغیر اس سے کہا، اب چھوڑو بھی باپ مورے، جو ہو گیا، سو ہو گیا۔ پروفیسر کی ردی سوچوں کا پلندہ باندھتے ہوئے میں نے اپنے آپ کو بتایا ہے کہ اتنا بوجھل ہو گیا ہے پر منّو نوسے دس پیسے قیمت لگانے پر بھی راضی نہ ہوگا... اب میں نے سگریٹ کے ٹکڑوں پر آنکھیں لگا لیں۔ اتنے چھوٹے چھوٹے ٹکڑے ہیں کہ جب تک انگلیاں نہ جلتی ہوں گی، اپنے اِردگرد دھوئیں کے غبار گہرے کرتا جاتا ہوگا... ارے بھئی، کچھ سوچنا ہی ہے تو باہر آ کے سیدھا سیدھا دیکھ کے سوچو، جس کے لیے سوچیں بنی ہوئی ہیں، یہ کیا کہ اپنی سوچوں کے بارے میں سوچتے چلے جاؤ... میں نے دو چار سگریٹ کے ذرا بڑے ٹکڑے چن کر جیب میں رکھ لیے ہیں۔ ایک دو کش تو نکل ہی آئیں گے... ارے بس!... میں نے بابو سے کہا ہے اور ملبے کو واپس ڈرم میں ڈالنے کے لیے اکٹھا کرنے لگا ہوں۔

ابھی تک میں یہی سمجھ رہا تھا کہ میں آپ ہی اپنے دماغ میں بولے جا رہا ہوں۔ دراصل ہو یہ رہا ہے کہ کوئی مینڈک اگلے گھر کی ڈھلتی ہوئی نالی کی سڑاند میں پھدکتے ہوئے بے تحاشہ ٹرٹر کیے جا رہا ہے۔ اتنے میں میرے دیکھتے ہی دیکھتے ایک سانپ کہیں سے سائیں سائیں وارد ہو کر اس کے پیچھے نالی میں جا گھسا ہے۔

کیوں بھونک رہے ہو بابو؟ مینڈک کو جان پیاری ہے تو جو دیکھتا ہے اسے چپ چاپ دیکھتا رہے، دیکھ کر ٹرٹر کیوں کرنے لگا ہے؟... ایک بات یاد رکھو بابو... یہ ساری دیواریں اس لیے حفاظت سے کھڑی ہیں کہ کچھ بھی ہو جائے سدا چپ رہتی ہیں۔ بولنے لگیں تو اسی دم ڈھے جائیں۔ اچھا، یہ بتاؤ اس کی عورت رات کو اتنی دیر سے کہاں سے آتی

ہے؟ جن کے ساتھ آتی ہے ان کی گاڑی ذرا فاصلے پر رکوالیتی ہے اور بلّی کی طرح پنجوں پہ چلتی ہوئی پچھواڑے سے اپنے گھر میں داخل ہو جاتی ہے۔نہیں، مورکھ، اس کے شوہر کو سب کچھ معلوم ہے۔ وہی تو اس کی غیر حاضری میں بچوں کو سنبھالتا سُلاتا ہے....جب وہ لوٹتی ہے تو دروازہ کھولتے ہی اس کا وہ ہاتھ اندر کھینچ لیتا ہے جس میں اس کا بٹوا لٹک رہا ہوتا ہے۔اتنی دیر تک راہ تکنے کے بعد اب کہیں بے چارے کی باری آتی ہے کہ بیوی کے ساتھ سوئے...نہیں، چپ! ہمیں کیا لینا دینا؟ کلرک آدمی ہے تو کیا؟ کتنی آن بان سے رہتا ہے! ہاں دفتر کی تنخواہ پر گزر بسر بھی نہ ہو، جو کرتا ہے ٹھیک ہی کرتا ہے۔اتنی شاندار کوٹھی میں رہتا ہے اور اپنا سارا کوڑا روز کے روز صاف کر کے باہر پھینک دیتا ہے... ہاں تم ٹھیک ہی کہتے ہو بھائی۔اس سے تو اچھا ہے کہ رال ٹپکا ٹپکا کر اوروں کا کوڑا پھوڑتا رہے۔

اس کوٹھی کا ڈرم اکثر خالی ہوتا ہے کیوں کہ یہ لوگ اپنے پچھواڑے کا بھی آگا صاف دکھانے کے لیے اپنی گندگی آس پاس والوں کے ڈرموں میں ڈال دیتے ہیں۔میں اس ڈرم کو کھولے بغیر آگے بڑھ جاتا ہوں مگر پھر خیال آتا ہے کہ ایک نظر دیکھ ہی لوں۔ڈرم میں بالوں کے ایک سنہری کلپ نے مجھے دیکھ کر آنکھ ماری ہے، شاید سونے کا ہے۔میں نے تیزی سے اسے ہاتھ میں لے لیا ہے...نہیں، تانبے کا ہوگا...مجھے سونے کی پہچان ہے، نہ تانبے کی۔منّو کباڑیہ تو کھرا سونا بھی لے تو تانبے کے دام پر ہی لے۔میں نے کلپ کو اپنی جیب میں ڈال لیا ہے اور سوچنے لگا ہوں کہ رلدو کی جورو کے بالوں میں اس کی سج دھج کیسے لگے گی۔اگر سونے کا ہے تو ایک نہیں، دس بار کا سودا پکا کر کے دوں گا...میرے قریب ہی ایک جھونپڑی میں رلدو بھی اپنے جورو سے پیشہ کرواتا ہے۔مگر اس کی یہ خوبی ہے کہ وہ کھلے کھلے سب کچھ کرتا ہے...ارے بھائی...ایک دن وہ مجھے بتا رہا تھا، جب مجھے شک ہونے لگا کہ میری عورت کے لچھن ٹھیک نہیں تو میں اسے ویشیا سمجھ کر ہی اس سے پیش آنے لگا۔کسی دوسرے کے پاس جاؤں تو پورا سولے کے بھی اتنا خیال نہ رکھے...وہ تو کئی سودیتی بھی ہے اور میرے پسینے پر خون بھی بہاتی ہے۔سمجھے؟...میں نے اپنے آپ سے کہا ہے کہ میں کیا سمجھوں۔کوئی مل جائے تو سمجھ میں بھی آجائے۔

یہ دیکھ کر میں اسی نالی کے منہ پر کھڑا ہوں جس میں وہ سانپ داخل ہوا تھا، میں ڈر

کے مارے اتنا تیز تیز آگے ہولیا ہوں کہ قریب ہی ایک مرغی میری ٹانگوں میں سے پھڑ پھڑا کر میرے آگے نکل گئی ہے اور اس کی طرف دیکھتے ہوئے مجھے لگا ہے کہ رلدو کی جورو کے پیچھے بھاگ رہا ہوں۔

اگلے ڈرم کا کوڑا ابھر بھر کے نیچے زمین پر بکھرا ہوا ہے۔ ڈرم کو الٹنے سے پہلے میں اس کے پہلو میں بیٹھ گیا ہوں اور ابھی میری آنکھیں زمین پر اپنے مطلب کی چیزیں ڈھونڈ رہی ہیں کہ اس کوٹھی والوں کی نوکرانی یکلخت دروازے سے نکلی ہے اور میرے سر پر گھر کا فضلہ اس طرح الٹ دیا ہے جیسے کوڑے کے ڈھیر پر ہی کوڑا پھینک رہی ہو۔ میں اس وقت تک سانس روکے ڈھیر کا ڈھیر پڑا رہا ہوں جب تک اس نے واپس اپنے دروازے میں داخل ہو کر اندر سے چٹخنی نہیں چڑھالی ہے اور پھر بدن جھٹک کر کھڑا ہو گیا ہوں اور ڈرم کو ٹیڑھا کرتے ہوئے بابو کو اشارہ کیا ہے کہ اپنا کام شروع کرو۔

اس ڈرم کے گھر والے دو بھائی ہیں جو کپڑے کا بیوپار کرتے ہیں۔ بڑا بھائی دولت کے نشے میں کھویا ہوا ہے اور چھوٹا ہے ہی پاگل۔ بڑا نیچے رہتا ہے اور چھوٹا پہلی چھت پر، اور سب سے اوپری چھت پر ایک کمرہ ہے جس میں ان دونوں کی بوڑھی اور اپاہج ماں رہتی ہے۔ کئی بار بُڑھیا کے رونے کی آواز سن کر میں اپنا کام روک کر سر اٹھائے اوپر دیکھنے لگتا ہوں اور میری نظر آنکھوں سے نکل کر بُڑھیا کے پاس جا پہنچتی ہے... یہ دیکھو، تمھارے لیے گُڑ کے چنے لایا ہوں ماں۔ دات نہیں تو ہیں گُڑ ہی چوس لو... کھیر؟ کھیر کہاں سے لاؤں ماں؟ ان بھائیوں کے نوکر نے ایک بار مجھے بتایا تھا کہ بڑھیا ہر وقت کھیر مانگ مانگ کر روتی رہتی ہے اور چپ ہوتی ہے تو آسمان کی طرف سر اٹھا کے اس طرح منہ کھول کر ہلا رہی ہوتی ہے جیسے اوپر سے منہ میں کھیر ٹپک رہی ہو... اپنی ماں کو تو یہ بھائی ترسا ترسا کر مار رہے ہیں، مگر ان کے ڈرم میں اتنی جھوٹن ہوتی ہے کہ دس لوگوں کا آرام سے پیٹ بھر جائے۔ مُنو کباڑیہ جس دن مٹھی گرم نہیں کرتا، اس دن میں یہیں سے اپنے پیٹ کا ایندھن چن لیتا ہوں۔ منہ بنا بنا کر کھانا شروع کرتا ہوں مگر کھاتے ہوئے جو مزہ آنے لگتا ہے، تو اس وقت تک بابو کو پاس نہیں پھٹکنے دیتا۔ جب تک خوب سیر نہ ہو جاؤں۔ دونوں کی بیویاں آپ تو کھٹ مِٹھی ہیں ہی، کھانا وہ اپنے سے بھی کھٹ مِٹھا بنا لیتی ہیں۔ اسی لیے دونوں بھائیوں

کے پیٹ اتنے پھولے ہوئے ہیں۔ اپنے نوکر بَتیا کو انھوں نے نکال دیا ہے۔ وہ مجھے بیڑیوں کے دھوئیں میں ان کی دھواں دھواں باتیں بھی سناتا تھا۔ اچھا ہی ہوا جو وہ چلا گیا ورنہ میں اپنا کام دھندہ چھوڑ کر اس کے ساتھ بیٹھ جاتا تھا۔ بڑا بھائی اپنے پگلے بھائی کو اس طرح ڈانٹتا رہتا ہے جیسے اپنے بیٹوں کو، مگر اس کی بیوی کو جہاں تہاں اکیلا پالیتا ہے تو ہاتھ ڈالنے سے باز نہیں آتا۔ چھوٹی کے پانچوں کے پانچوں بچے بڑے بھائی کے ہیں... بَتیا نے مجھے بتایا تھا...لو، اور بیڑی پیو!...اور سناؤ؟ بڑی بھی اپنے آدمی سے کم نہیں۔ اس نے اپنے باؤلے دیور کو ایسے رام کر رکھا ہے کہ اس کی سمجھ میں اور کچھ آئے، نہ آئے، وہ اپنی پیاری بھابی کی بات کو فوراً بھانپ جاتا ہے۔ بڑی کے دونوں چھوٹے بچوں کا منہ ماتھا ہو بہو اپنے باؤلے چچا کا سا ہے۔ اس بالی عمر میں وہ اتنے گمبھیر اور سخت ہیں کہ انھیں دور سے دیکھ کر ہی پگلے کو دو دو باپ نظر آنے لگتے ہیں اور خوف سے اس کا پیشاب نکل جاتا ہے۔

بَتیا کو بھائیوں نے اس لیے نکال پھینکا تھا کہ رن بھومی کے تیور دیکھ کر ایک دن اس بے چارے کی کھوپڑی الٹی ہوگئی اور وہ بڑی کو ماں کہنے کے باوجود اسے لوٹ کا مال سمجھ بیٹھا اور اپنے باؤلے مالک کی طرح منہ میں انگوٹھا ڈال کر اس کی طرف بڑھتا ہی چلا گیا، پر چھوٹی ہو یا بڑی، مال تو بھائیوں کا ہی تھا۔ بَتیا کو مار مار کر باہر نکال دیا گیا۔ شریفوں کے گھروں میں غنڈوں کا کیا کام؟... جاؤ... جاؤ... جو یہاں کرنا چاہتے تھے، اپنی ماں بہن سے کرو۔

میں ان کی گندگی کو پھوڑ پھوڑ کر دیکھ رہا ہوں۔ مُنّو کباڑیے نے مجھے بتایا تھا کہ بڑے دکانداروں کے ڈرم دھیان سے دیکھا کرو۔ یہ لوگ کالا دھندا کرتے ہیں اور جب پولس کے چھاپے کا ڈر ہوتا، جان بچانے کے لیے نوٹوں کی گڈیاں بھی کوڑے میں پھینک دیتے ہیں۔ نامعلوم مجھے کیوں یقین سا ہے کہ کبھی نہ کبھی ضرور مجھے یہاں سے نوٹ ہی نوٹ ہاتھ آئیں گے۔ مگر اتنے سارے نوٹوں سے میں کیا کروں گا؟... مُنّو کباڑیے کے پاس لے جاؤں گا؟... وہ تو سارے نوٹوں کی کل قیمت بھی روپے دو روپے سے زیادہ نہیں لگائے گا... اب تو خوش ہو فجو؟ قیمت سے پورے پچیس پیسے زیادہ دے رہا ہوں...

آج مجھے بھائیوں کے یہاں سے کچھ بھی نہیں مل رہا۔ چھوٹی اور بڑی کی ماہواری کی

سوکھی کترنیں ان کی جوٹھن میں بھیگ رہی ہیں، یا پھر نرودھ کے چند ٹکڑے ہیں جنھیں صاف کر کے میں نے تھیلے میں پھینک لیا ہے، ہر گھر کے ڈرم سے چند ایک ٹھیک ٹھاک ٹکڑے مجھے ضرور مل جاتے ہیں۔ کئی بار تو کوڑی سے بھی اوپر ہو جاتے ہیں۔ میں انھیں بھی مُنو کو ہی تھما دیتا ہوں...انھیں صابن سے دھو کر لایا کرو فجو...میں تو ایسے ہی لے جاتا ہوں۔ اتنے پیسے بھی نہیں دیتا کہ دیسی صابن کا ایک ٹکڑا ہی مل جائے۔ اپنے سر دھوؤں؟ چھوٹی اور بڑی کے بالوں کے گچھوں کو بھی صاف کر کے میں نے جھولے میں ڈال لیا ہے۔ مُنو بولتا ہے، سنہری بال لایا کر... سنہری بال لانے کے لیے ولایت جاؤں...؟ جو ملتا ہے وہی لے کے شکر کرتے جاؤ مُنو بھائی۔ عورتوں کی بڈھی بھرشٹ ہوتی جارہی ہے...اچانک مجھے اوپر سے بھائیوں کی بُڑھیا کے رونے کی آواز سنائی دینے لگی ہے۔ دونوں بیٹے چوری چوری ایک دوسرے کی بیوی کو لیے پڑے ہوں گے...بُڑھیا کی خبر کون لے؟

میں سوچنے لگا ہوں کہ بُڑھیا اگر اپنے گھر والوں کے لیے کوڑا ہو کر رہ گئی ہے تو وہ اسے ڈھپ سے باہر کوڑے کے ڈرم میں کیوں نہیں ڈال دیتے؟ میں خیال ہی خیال میں بُڑھیا کو پونچھ پانچھ کر اپنی جھونپڑی میں لے آیا ہوں۔ لو بھائی فقیرے...دیکھو ہم دونوں کی ماں آئی ہے۔ میری جھونپڑی میں رکھا ہی کیا تھا جس پر پہرہ دیتے رہتے تھے؟ گھر تو اب بھرا ہے، جی بھر کے اب ماں کی دیکھ ریکھ کیا کرو...لو، ماں، تمھارے لیے یہ گڑ کے چنے لایا ہوں...گڑ کے چنے مجھے بہت اچھے لگتے ہیں اور میں فقیرے پر اکثر اس لیے چڑنے لگتا ہوں کہ مجھے گڑ کے چنے کھاتے دیکھ لیتا ہے تو بے اختیار بھونکنے لگتا ہے۔ ارے بھئی، تمھیں اچھے نہیں لگتے مگر مجھے تو کھانے دو...کھاؤ ماں، دانت نہیں تو گڑ ہی چوس لو...لو، اور لو...!

ماں گڑ کے چنوں کا گڑ چوس رہی ہے اور اس کا ذائقہ میرے خالی منہ میں گھل رہا ہے اور فقیرے میرا مذاق اڑانے کے لیے بھونک رہا ہے۔ ارے چل ہٹ...! کتے کی ذات، تمھیں کیا پتہ آدمیوں کا کھانا کیا ہوتا ہے؟ تم کھاؤ، ماں...اور دوں؟ نہیں میری ماں نہیں ہے کبھی نہ تھی...میرا باپ؟ ماں ہی نہ تھی تو کس نے اسے گلے لگا کر مجھے پیدا کیا ہوگا...کسی ملبے میں سے آپ ہی آپ کلبلاتے ہوئے پھوٹ پڑا ہوں گا...لو ماں، اور لو!

میں یوں ہی کوڑا رولے جارہا ہوں۔ وہاں کچھ ہو تو ملے۔ بڑی ٹھنڈی سانس بھر کر

میں گھٹنوں کے سہارے اٹھ کھڑا ہوا ہوں اور ابھی چند ہی قدم چلا ہوں کہ کسی بچے کے رونے کی نحیف سی آواز سن کر میرے کان کھڑے ہو گئے ہیں۔ میں نے بڑے دھیان سے اپنے آس پاس دیکھا ہے۔ کوئی بھی تو نہیں...! آواز پھر آئی ہے... اور ہم دونوں جانور، بابو اور میں... ایک دم ایک سمت ہولیے ہیں اور ایک کھلے ہوئے ڈرم کے پاس آ کھڑے ہوئے ہیں جس میں کوڑے کے بیچ پر ایک نوزائیدہ بچہ اپنی پیٹھ پر لیٹے ننھے منہ ہاتھ پیر مار رہا ہے اور اسے دیکھ کر مجھے لگا ہے کہ میری چھاتیاں دودھ سے بھر کر پھول گئی ہیں اور میں نے اسے اپنی آنکھوں کی ساری نرمی سے ہاتھوں میں لے لیا ہے اور سوچنے لگا ہوں، کیا سمے آ گیا ہے! سنگدل اپنی نسلوں کو پیدا ہوتے ہی کوڑے میں ڈال دیتے ہیں۔

◆◆◆

پادشاہ

لوگ اسے پادشاہ کہتے ہیں لیکن اسے اس یا کسی اور نام سے بھی پکارا جائے تو وہ متوجہ نہیں ہوتا۔ اسے اپنا کوئی نام معلوم نہیں۔

سنو!

کہو، بھائی!

نہیں، پادشاہ کسی اور سے مخاطب نہیں، وہ اپنے آپ سے ہی کہہ رہا ہے، کہو بھائی۔ وہ اپنے آپ کو بڑی محبت سے بھائی کہہ کر پکارتا ہے اور اپنی ساری باتیں اسی بھائی سے ہی کرتا ہے۔ کئیوں کا کہنا ہے کہ وہ پہاڑ کے مانند بہرہ ہے اور ساری صدائیں اس سے ٹکرا کر واپس آجاتی ہیں اور اس سے باتیں کرنے والے دراصل اپنی ہی باتیں سن سن کر اسے پاگل سمجھنا شروع کر دیتے ہیں۔

پادشاہ پانچ دس قدم آگے چلتا ہے تو دو قدم پیچھے ضرور اٹھالیتا ہے۔

سنو!

کہو، بھائی!

آگے چلتے ہوئے تم اچانک پیچھے کیوں قدم اٹھا لیتے ہو؟

ہاں، پیچھے کیوں قدم اٹھالیتا ہوں؟

میں بتاؤں، کیوں؟.... پادشاہ کا بھائی اس کی ساری مشکلیں حل کر دیتا ہے۔

اگر تم نہ ہوتے تو بھائی، تو پتہ نہیں میرا کیا حال ہو جاتا۔

تم اس لیے پیچھے قدم اٹھاتے ہو کہ تمھیں یکبارگی یاد آجاتا ہے، تمھارا کچھ پیچھے رہ گیا ہے۔

ہاں کئی بار یاد آتا ہے، کچھ پیچھے رہ گیا ہے، پر سمجھ میں نہیں آتا، کیا؟

میں بتاؤں، کیا؟ تم خود ہی اپنے پیچھے رہ جاتے ہو۔

ٹھیک کہتے ہو بھائی۔ میں ہر قدم پر اپنے آپ سے جدا ہوتا رہتا ہوں۔تم بھی نہ ہوتے تو...تو...

مگر میں تو ہوں ہی۔

ہاں، تم تو ہو ہی، ورنہ اب تک جو باقی رہ گیا ہوں، وہ بھی نہ رہتا۔

پادشاہ وہاں جا پہنچا ہے...وہ!... پادشاہ!... پاد...!

مگر پادشاہ کو کیا معلوم، اسے کوئی بلا رہا ہے۔ پگلا صرف اپنی بات سنتا ہے۔

سنو!

کہو، بھائی!

تھک گئے ہو تو یہیں بیٹھ جاتے ہیں۔

ہاں، بیٹھ جاؤ۔

پادشاہ بیٹھ گیا۔

اور ہم بھی تیز تیز چل کر اس کے پاس آ بیٹھتے ہیں اور اس کی طرف دیکھ کر مسکرانے لگے ہیں۔

سنو!

کہو، بھائی!

یہ کوئی اچھے لوگ معلوم نہیں ہوتے۔

کیوں؟

کیوں کہ ان کی مسکراہٹیں بناوٹی ہیں۔

پر ہمیں کیا؟

ہاں بھائی، ہمیں کیا؟

ہم پادشاہ کو آپ ہی آپ باتیں کرتے ہوئے پا کر ہنس پڑے ہیں۔

سنو!

کہو، بھائی!

یہ لوگ ہنس رہے ہیں۔

ہاں، ہم پر ہنس رہے ہیں۔

پر ہم پر کیوں ہنس رہے ہیں۔

اس لیے، کہ ہم بھوکے ہیں۔

بھوک تمھیں زیادہ تنگ تو نہیں کر رہی ہے؟

تنگ تو کر رہی ہے بھائی، لیکن کوئی بات نہیں۔

ہاں کوئی بات نہیں۔

اب ہمیں معلوم ہو رہا ہے کہ پادشاہ اپنے آپ سے باتیں نہیں کر رہا، بلکہ پادشاہ کے ساتھ پادشاہ بیٹھا ہوا ہے۔ اسے دیکھ کر کئی اور لوگ بھی آ جمع ہوئے ہیں۔

سنو!

کہو، بھائی!

کتنا عجیب شخص ہے!

کون؟

اور کون، بھائی؟ یہ سارے لوگ!

ہاں، یہ سارے لوگ دراصل ایک ہی شخص ہے۔

خدا کا کرشمہ دیکھو، بھائی۔ ایک ہی شخص اور اتنے سر!

ہاں، ایک، دو، تین...

چار، پانچ، چھ، سات...

ارے! اس شخص کے سر تو بڑھتے ہی چلے جا رہے ہیں، بھائی! ہاں، پر یہ غضبناک شخص ہمارا پیچھا کیوں کر رہا ہے بھائی؟ ہاں، کہیں ہماری موت تو ہماری تاک میں نہیں لگ گئی ہے؟ نہیں، موت تو بدی کی تاک میں لگی رہتی ہے۔

ہاں، نیک لوگ تو خود آپ چل کر موت کے پاس جا پہنچتے ہیں، لو ہم آ گئے!

خدا کا شکر ہے میں نیک آدمی ہوں۔

اور میں بھی!

مگر سنو!

کہو، بھائی!

بھوک سے میرا دم نکل رہا ہے۔

ابھی اپنی تھوڑی نیکی کھا کر خدا کا شکر بجالاؤ بھائی۔

ہاں، خدا کا شکر بجالانا ضروری ہے۔

ہاں، بھائی، خدا کا شکر بجالانا ضروری ہے۔

لیکن سنو!

کہو، بھائی!

خدا کا شکر بجالانے کے لیے ہمیں کہاں جانا ہوگا؟

خدا کے پاس۔

خدا کہاں ہے، بھائی؟

خود اپنے پاس۔

تو چلو، اس کے پاس چلیں۔

ذرا ٹھہرو بھائی، پہلے مجھے تھوڑی نیکی کھالینے دو۔

لیکن نیکی سے شاید پادشاہ کا پیٹ نہیں بھر رہا ہے، سو اس نے لوگوں کے بڑھتے ہوئے ہجوم کی طرف اپنی بے چین نظر اٹھائی ہے۔ کسی نوجوان نے اس کا اٹھا ہوا چہرہ دیکھ کر آوازہ کسا ہے... یار سچ مچ اتنا پاگل ہے کہ کوئی پہنچا ہوا درویش معلوم ہوتا ہے۔

سنو!

کہو، بھائی!

یہاں اتنی بھیڑ کیوں ہوگئی ہے؟

یہ لوگ تمھیں دیکھنے کے لیے جمع ہوگئے ہیں بھائی۔

مجھے دیکھنے کے لیے؟ میں تو جو کچھ بھی تھا اسے پیچھے چھوڑ آیا ہوں۔

ہاں، تم جو کچھ بھی تھے اسے اپنے پیچھے چھوڑ آئے ہو۔

تو میں ان لوگوں کو اپنے بارے میں کیا بتاؤں؟

کیا معلوم، کیا؟

تو پھر انھیں سختی سے چلے جانے کو کہو۔

نہیں، لڑنا جھگڑنا اچھا نہیں ہوتا، بھائی۔

اچھا کیا ہوتا ہے بھائی؟

جو برا نہیں ہوتا۔

لیکن سنو!

کہو، بھائی!

اگر مجھے کھانا نہ ملا تو میں تم سے بھی لڑنا جھگڑنا شروع کر دوں گا۔

مجھ سے بھی، بھائی؟

ہاں، تم سے بھی۔

کسی لڑکے نے کہا ہے، پادشاہ بہت بھوکا ہے ابا، میں ماں سے روٹی لے کر آتا ہوں، مگر لڑکے کے باپ نے جواب دیا ہے، ماں گھر میں نہیں ہے، چپ چاپ بیٹھے رہو۔ اسی اثنا میں کوئی اور شخص پادشاہ کے لیے کھانا لے آیا ہے، اور پادشاہ نے کھانا شروع کر دیا ہے اور کھاتے ہوئے قطعاً خالی الذہن معلوم ہو رہا ہے... ابا، تم غلط کہتے ہو پادشاہ پاگل ہے۔ پاگل ہوتا تو اپنا لقمہ منہ کی بجائے کان کی طرف لے جاتا... چپ! کان مت کھاؤ!... ابا، ابا، پادشاہ کھانا کھا کر کیا کرے گا... میں بتاؤں بیٹا، پادشاہ کھانا کھا کر تقریر کرے گا... نہیں ابا، تم بتاؤ... تمھارا سر کرے گا۔ آؤ چلیں!...

سنو!

کہو، بھائی!

بھوک مٹی؟

ہاں، مٹ گئی۔

تو کھانے سے ہاتھ بڑھا لو۔ بھرے پیٹ کھاتے چلے جانے کی سزا بھی موت سے کم نہیں ہوتی۔

ہاں، لو، ہاتھ بڑھا لیے۔

اب؟

اب ہمیں خدا کا شکر بجالانے کے لیے جانا ہے۔

ہاں، ہم سب اسی لیے جاتے ہیں کہ اس کا شکر بجالائیں۔

کئی لوگ بے اختیار ہنس رہے ہیں، گویا پادشاہ انھیں گدگدا رہا ہو۔

سنو!

کہو، بھائی!

کچھ بھی کہہ لو، یہ لوگ بہت اچھے ہیں۔

وہ کیسے؟

وہ ایسے، کہ جو برے ہوں وہ اک کھل کر ہنس نہیں سکتے!

ہاں، تم ٹھیک کہتے ہو۔

پادشاہ نے بڑی محبت سے سب کی طرف دیکھا ہے۔

سنو!

کہو، بھائی!

کھاپی کر مجھے نئی زندگی مل گئی ہے۔

تو کیا تم مر گئے تھے بھائی؟

ہاں، اور کھاپی کر از سرِ نو جی پڑا ہوں اور میرا جی چاہ رہا ہے کہ میرا کوئی دشمن ہو اور میں اسے گلے لگالوں۔

مجھے ہی اپنا دشمن سمجھ کے گلے لگالو بھائی۔

ارے ہاں، تمھاری طرف تو میرا دھیان ہی نہیں گیا۔ ایک تم ہی تم تو ہو۔ میرے دوست بھی، دشمن بھی... آؤ، میرے گلے لگ جاؤ۔

ہاں، آؤ!

اور اب؟...

دیکھو، ہمارے سامنے کتنے لوگ جمع ہو گئے ہیں۔ ہاں، کتنے لوگ! میں بہت خوش

ہوں بھائی اور ...اور ...

اور کیا، بھائی؟

اور میرا جی چاہ رہا ہے کہ ان لوگوں کی طرف منہ کر کے انھیں کوئی بہت بڑا پیغام دوں۔

ہاں، پیٹ بھر کھانا نصیب ہو جائے تو ذہن میں فرشتے آنکلتے ہیں۔

ہاں، اور آنکھوں میں بھی ... یہ لوگ کتنے پیارے معلوم ہوتے ہیں۔

ہاں، بہت پیارے، بہت بے ضرر!

میری خواہش ہے بھائی، ان کے لیے کچھ کروں۔

لیکن تم کر ہی کیا سکتے ہو بھائی؟

ہاں، کوئی نیک آدمی کسی کو کیا فائدہ پہنچا سکتا ہے؟

ایک بوڑھی عورت نے آگے بڑھ کر پادشاہ کے قدموں پر اپنا نہایت کمزور بچہ ڈال دیا ہے، جس کے ہاتھ پاؤں پولیو سے بے کار ہو چکے ہیں۔ پادشاہ بچے کے کرب کو محسوس کر کے آبدیدہ ہو گیا ہے اور جھک کر اس نے بچے کا ماتھا چوم لیا ہے اور چومتے ہوئے اچانک ڈکار آ جانے پر سبک سا نظر آنے لگا ہے۔

سنو!

کہو، بھائی!

کیا میری نیکی سے اس بچے کی صحت لوٹ سکتی ہے؟

نہیں، اس لیے اگلی بار بھوک سے دم نکلنے لگے تو اپنی ساری نیکی کھا جاؤ۔

مگر اپنی ساری نیکی کھا جاؤں گا تو نیک کیسے رہ پاؤں گا۔

ہاں، نیک رہنا تو ضروری ہے۔

تو پھر خدا کا شکر بجا لاؤ کہ تم نیک ہو۔

لیکن خدا کا شکر بجا لانے کے لیے ہمیں خدا کے پاس جانا ہو گا۔

ہاں، بہر حال جانا ہو گا ... چلو!

پادشاہ جانے کے لیے اٹھا ہے تو کسی نے بہ آواز بلند کہا ہے، بیٹھے رہو، پادشاہ! کسی

اور نے اس کی تائید کی ہے، ابھی نہ جاؤ، پادشاہ!...اور پادشاہ نے اپنے بھائی کی جانب منہ موڑ لیا ہے۔

یہ لوگ کیا کہہ رہے ہیں؟

کچھ بھی نہیں کہہ رہے ہیں بھائی، بس منہ ہلائے جارہے ہیں۔

شاید کچھ کھا رہے ہیں۔

نہیں، بے چارے کچھ بولنے کی کوشش کرر ہے ہیں مگر آواز پر قادر نہیں۔

اسی لیے اپنے آقاؤں کو سنائی نہیں دیتے۔

ہمیں بھی کہاں سنائی دیتے ہیں بھائی؟

مگر کیا یہ نہیں ہوسکتا ہے کہ یہ لوگ واقعی بول رہے ہوں اور ہمیں ہی اپنی سماعت پر قدرت نہ ہو؟

نہیں، یہ کیسے ہوسکتا ہے؟ میں بول رہا ہوں اور تم باقاعدہ سن رہے ہو۔

ہاں، سن تو رہا ہوں۔

اور باقاعدہ سمجھ رہے ہو۔

ہاں، سمجھ بھی رہا ہوں۔

کسی نے پوچھا ہے، پادشاہ باتیں کس سے کررہا ہے؟

اور اسے جواب ملا ہے، خدا کے کسی اوجھل فرشتے سے...اچھا؟!...کئی لوگ کھلکھلا کر ہنس پڑے ہیں۔

سنو!

کہو، بھائی؟

اگر میں ان لوگوں کی مدد نہیں کرسکتا، تو میری خواہش ہے، خدا مجھے اپنے پاس بلالے۔

لیکن وہیں تو ہم جارہے ہیں، اس کا شکر بجالانے کے لیے۔

ہاں، وہاں تو ہمیں بہرحال جانا ہے...چلو!

پادشاہ کے آس پاس بیٹھے لوگ بھی اٹھ کھڑے ہوئے ہیں۔

سنو!

کہو، بھائی۔

اپنے پیچھے اچھی طرح دیکھ کر اطمینان کرلو، کہیں موت تو پیچھا نہیں کر رہی ہے؟

اطمینان کرلیا ہے بھائی۔

تو آؤ تیز تیز چلے آؤ۔

لیکن،ہم جائیں گے کہاں؟

خدا کے پاس، اس کا شکر بجالانے کے لیے۔

لیکن بھائی، کہاں؟

آتے جاؤ۔ خدا خود آپ اپنی راہ پر ڈال دے گا۔

پادشاہ سڑک کی جانب ہولیا۔ پانچ دس قدم آگے چل کر دو قدم پیچھے... آگے... پیچھے... میری عمر کوئی پانچ برس سے زیادہ نہیں بھائی۔ دیکھو، ابا آج بھی میرے اور میری چھوٹی بہن پری کے لیے مٹھائی لائے ہیں، اور پری بیمار ہے اس لیے ابا نے مٹھائی کا لفافہ میری طرف بڑھادیا ہے جسے میں نے خوشی سے جھپٹ لیا ہے اور سوچ رہا ہوں، پری سدا یونہی بیمار رہے اور ساری کی ساری مٹھائی مجھے ملتی رہے... آگے... آگے... پیچھے... نہیں، بھائی، پری کو مرے کئی ماہ ہو لیے ہیں اور ابا بدستور ہم دونوں کے لیے مٹھائی لاتے ہیں اور سارا لفافہ مجھے تھمادیتے ہیں اور روتے روتے میری گھگی بندھ جاتی ہے اور میں باہر آکر ساری مٹھائی چڑیوں کے لیے زمین پر ڈال دیتا ہوں... آگے... پیچھے... ہاں، بھائی، میں بڑا ہو چکا ہوں اور ابا دم توڑ رہے ہیں اور بڑی نحیف آواز میں دھیرے دھیرے مجھے سمجھا رہے ہیں، اپنی پگلی ماں کا خیال رکھنا... آگے... پیچھے... نہیں، بھائی، کسی کام پر ٹک جاتا تو پھر غم کا ہے کا تھا... ہاں بھائی، ہمارے خاندان کے اکثر لوگ پاگل ہو کر مرے ہیں۔ ماں بھی پاگل ہے مگر میری پیٹھ پر ہاتھ پھیرتے ہوئے اس کے حواس لوٹ آتے ہیں... نہیں، بھائی، خدا سے لڑ جھگڑ کر اس وقت تک زندہ رہی جب تک میری شادی نہ ہوگئی... آگے... آگے... آگے... پیچھے... نہیں، بھائی، مجھے ابھی تک کوئی کام وام نہیں ملا اور میری بیوی نے عدالت میں ثابت کر دیا ہے کہ میں بھی اپنی ماں کی مانند پاگل ہوں اور مجھ سے طلاق لے لی ہے اور

میری ماں کے بھوت کو یہی غم کھائے جا رہا ہے کہ میرے باؤلے بیٹے کا کیا بنے گا؟... آگے... آگے... پیچھے... اللہ ہو، اللہ ہو!... اللہ...! اور پادشاہ نے پیچھے کی طرف ایک اور قدم اٹھایا ہی ہے کہ وہاں... وہ تیز رفتار ٹرک اسے روندکر گزر گیا ہے۔

سنو!

کہو، بھائی!

لو، اب خدا کے حضور شکر بجالاؤ!

◆◆◆

معجزہ

جب میں نے سڑک کی بائیں طرف ایک کچے راستے کے قریب کار روکی تو اِدھر اُدھر سے سات آٹھ گندے گندے افریقی بچے ہمارے آس پاس آجمع ہوئے۔

''یہاں سے آپ کو جھیل تک پیدل چلنا ہوگا، مالک'' ایک لڑکے نے آگے بڑھ کر مجھ سے کہا۔

ہم سب بڑبڑاتے ہوئے گاڑی سے باہر نکلے، پکنک کا سامان باہر نکالا اور خالی گاڑی کو لاک کر کے پیدل چلنے کی فکر کرنے لگے۔ دو افریقی لڑکوں نے کچھ کہے سنے بغیر جلدی سے آگے بڑھ کر ہمارا سب سامان اٹھالیا۔ گویا وہ بخوبی جانتے ہوں کہ ہمارا بوجھ اٹھانا ان ہی کا کام ہے۔ دوسرے بچے ناک پر بازو رگڑتے یا سر کھجاتے ان خوش نصیبوں کی طرف حسرت سے دیکھنے لگے جو ہمارا سامان اٹھائے ہشاش بشاش اور مستعد ہمارے سامنے کھڑے ہو گئے تھے۔

''ان پر ذرا نگاہ رکھیو جی'' میری بیوی انھیں محتاط نظروں سے دیکھتی ہوئی ہریش کے گلے پر مفلر ٹھیک کرنے لگی۔

ننھا ٹیٹو مچلنے لگا کہ اسے اٹھالیا جائے۔ ایک اور افریقی لڑکے نے موقع پاتے ہی آگے بڑھ کر اسے بڑے پیار سے اپنے بازوؤں میں لے لیا اور نہایت شادمانی سے اپنے ساتھیوں میں جا کھڑا ہوا جو بڑی فخر مندی سے ہمارا بوجھ اٹھانے شاید سوچ رہے تھے کہ آج اگر آدھ آدھ شلنگ کی کمائی ہو جائے تو ہمارے ماں باپ کتنے خوش ہوں گے۔ پیار سے ہمیں گلے لگالیں گے۔ آخر ہمارا یہ مختصر سا قافلہ جھیل پر پہنچنے کے لیے ڈیڑھ دو میل کے اس کچے راستے پر ہولیا۔ میری بیوی نے ایک بار پھر مجھے ایسی نظر سے دیکھا گویا کالے

چھوکروں سے باخبر رہنے کو کہہ رہی ہو۔ ''پورے فتنے ہوتے ہیں یہ لڑکے اگر ہشیار نہ رہے تو آنکھوں میں دھول ڈال کر سارا سامان اڑا لے جائیں گے۔

''ماں جی کرتار کے رنگ دیکھیے ذرا، میری بیوی ماں جی سے ہمیشہ ان ہی کے لب و لہجہ میں بات کرتی، یہ جھیل ہے نا؟ اور یہ زمین ہے اور نیچے پانی ہی پانی وہ انھیں کئی بار یہی بات بتا چکی تھی اور جب آپ اس پر چلتے ہیں تو زمین ہلتی ہے یوں؟ اس نے اپنا دایاں ہاتھ اوپر نیچے کرتے ہوئے کہا کہ کرتار کے رنگ دیکھیے ذرا اور ماں جی نے حسب عادت جواب دیا ست نام سری واہگورو!

میرا چھ سالہ لڑکا سریش ایک افریقی چھوکرے سے پوچھ رہا تھا تم کون سی جماعت میں پڑھتے ہو؟ افریقی چھوکرا کچھ جواب دینے کی بجائے پھیکے سے انداز میں مسکرا دیا شاید یہ سوچنے لگا کہ اگر وہ بھی چیفو کے ساتھ اسکول میں داخل ہو جاتا تو اب کس جماعت میں ہوتا۔

''ہم پڑھ لکھ کر کیا کریں گے بیٹا؟'' شاید اس کے کانوں میں اپنے باپ کا سیدھا سادا جواب گونجنے لگا۔ ''مونگو نے ہم لوگوں کو کام کرنے کے لیے پیدا کیا ہے۔ پڑھنا لکھنا تو بے کار آدمیوں کا کام ہے۔ جا اپنا کام کر''۔

''جا اپنا کام کر!'' جیسے یہ سن کر افریقی چھوکرا چلتے چلتے ذرا رک گیا۔ جھلا کر اپنے باپ سے یہ کہنے کے لیے ''بابا کام ہی تو کر رہا ہوں''۔

وہ بائیں ہاتھ میں ہماری فروٹ کی ٹوکری اٹھائے ہوئے تھے اور دائیں میں ٹفن کیریر۔ اچانک ٹوکری سے پکا ہوا ایک سرخ سیب نیچے آ گرا۔

''دھیان سے اٹھاؤ موئے'' میری بیوی کی شعلہ بار آنکھیں لڑھکتے ہوئے سیب کا تعاقب کرنے لگیں۔

ریتا نے لپک کر سیب اٹھا لیا اور اس پر اپنے تیز تیز دانت گاڑ دیے ''بڑا میٹھا ہے، ممی''۔

لڑکی کے منہ میں سیب کو محفوظ پا کر میری بیوی پھر اطمینان سے ماں جی کی طرف متوجہ ہوئی ''ماں جی، سیبوں کو تو جیسے آگ لگ گئی ہے، یہی سیب میں دو شلنگ پونڈ لایا کرتی

تھی، اب تین شلنگ سے کم قیمت پر کوئی ہاتھ بھی لگانے نہیں دیتا''۔

''ممی، سیب زمین پر کدو کی طرح اُگتے ہیں، یا آموں کی طرح درختوں پر؟'' ریتا نے پوچھا۔

''جہاں میں رہتا ہوں'' افریقی چھوکرا ہریش کو بتانے لگا'' وہاں بڑے بڑے سیبوں کے انگنت درخت ہیں''۔

''اچھا؟''

''ہاں، اگر تم ساری عمر بھی کھاتے رہو تو ختم نہ ہوں'' افریقی چھوکرا شاید سوچ رہا تھا! کہ سیب کا ذائقہ کیا ہوتا ہے'' وزونگو انھیں بوریوں میں بند کر کے شہر بھیج دیتا ہے''۔

''تم لوگ بہت سیب کھاتے ہو گے؟''

''نہیں، ہم مکئی کا آٹا اُبال کر کھاتے ہیں۔ میرا بابا کہتا ہے کہ یہ بہت مزیدار ہوتا ہے—''

''ست نام سری واہگورو''

جھیل تک پہنچنے کے لیے اب ہم بائیں طرف ایک تنہا پگڈنڈی پر ہو لیے جہاں انسانوں کی بجائے جگہ جگہ چھوٹے چھوٹے کیڑے رینگتے نظر آتے تھے۔ تاریک براعظم کی دیگر بے شمار اجڑی پگڈنڈیوں پر رینگتے ہوئے انواع واقسام کے دوسرے کیڑوں کی مانند جو اجنبیوں کے پاؤں تلے روندے جاتے ہوئے چیخے بغیر دم توڑ دیتے ہیں۔

چار پانچ سال پہلے انتہا پسند کالوں کی ایک خطرناک جماعت نے اس علاقے میں بڑا اودھم مچا رکھا تھا جیسے کئی بار کیڑے بے چین ہو ہو کر کلبلانے لگتے ہیں مگر اب کے؟ اب تو یہاں موت کا سا سناٹا ہے جو ایک اینڈ کو چند پکنک منانے والے اجنبیوں کے قہقہوں سے مزید گھنا معلوم ہونے لگتا ہے۔

دفعتاً ایک کیڑے نے مجھے ٹخنے پر کاٹ کھایا، میں نے درد سے بلبلاتے ہوئے اسے بڑی بے رحمی سے دیکھا اور مسل کر پرے پھینک دیا۔

''ماں جی، کبھی یہ علاقہ بڑا خطرناک تھا''۔ میری بیوی ماں جی کو سمجھانے لگی۔ ''کالے مشٹنڈوں نے یہاں اپنا گڑھ بنا رکھا تھا خود ہی کرنیل جرنیل بن بیٹھے تھے۔ بڑے

ظالم تھے، وہ تو بھلا ہو سرکار کا جو ایک ایک کو ڈھونڈ نکالا، ورنہ ہم سب پر آفت آجاتی، بنے بنائے کام چھوڑ کر بھاگنا پڑتا''۔

''ممی'' سریش نے سینہ تان کر کہا'' میں بڑا ہو کر جرنیل بنوں گا اور یوں پستول چلاؤں گا— ٹھا!'' اس نے انگلی سے پستول بنا کر ایک افریقی چھوکرے پر نشانہ باندھتے ہوئے زور سے 'ٹھا' کہا۔

''ہاں بیٹا، شاباش! ماں جی، یہ لوگ آہورو تو مانگتے ہیں مگر کوئی ان جنگلیوں سے پوچھے کہ آہورو لے کر کیا کریں گے۔ پہلے ذرا پڑھ لکھ تو لیں۔ راج پاٹھ کا کام چلانا کوئی بچوں کا کھیل تو نہیں ہوتا''۔

''ہاں بیٹی، تم سچ کہتی ہو، انگریجوں کا راج کھرا بہت ہے''۔

''ہم نے بھی اپنے دیش کی آزادی کے لیے بہت جتن کیا'' گویا میری بیوی اپنے آپ کو سمجھانے لگی'' مگر ہماری بات دوسری ہے۔ ہمارا اور ان گنواروں کا کیا مقابلہ؟ ذرا سوچیے ماں جی، ہمارا کلچر— کلچر یعنی دھرم کتنا پرانا ہے، انگریزوں کے دھرم سے بھی کئی ہزار سال زیادہ پرانا۔ ماں جی، ان لوگوں نے تو آج ہی بم بنانے سیکھے ہیں مگر رامائن میں لکھا ہے کہ صرف ایک رام بان سے ہی سارے سنسار میں پرلے آسکتی ہے''۔

''ست نام سری واہگورو! تم ٹھیک کہتی ہو بیٹی۔ ہمارا دھرم تو مہان ہے۔ ہندو دھرم تو بڑا پُن کرنے کے سے ملتا ہے۔ اسی لیے تو میں بوئی کو رسوئی میں قدم نہیں رکھنے دیتی۔ نہ جانے یہ لوگ کون کون سا کچا پکا گوشت کھاتے رہتے ہیں''۔

اتنے میں ہمیں سامنے سے اچھل اچھل کر آتا ہوا ایک ہٹا کٹا ننگ دھڑنگ نوجوان افریقی نظر آیا جو بائیں ہاتھ میں ایک بہت بڑی چھری پکڑے ہوئے تھا، دھوپ میں چمکتی ہوئی، نہایت تیز دھار والی اور سرخی مائل جیسے ابھی ابھی اس پر سے خون پونچھا گیا ہو۔

خوفزدہ کپکپاہٹ محسوس کر کے میں منہ گول کر کے سیٹی بجانے لگا۔

''جامبو!'' جب وہ ذرا قریب آیا تو میں نے بدستور ڈرتے ہوئے اونچی آواز میں کہا۔

''جامبو، بوانا'' اس کی آواز میں کسی مست جنگلی ہاتھی کی چنگھاڑ تھی'' جھیل دیکھنے

آئے ہو؟''۔

''ہاں''۔ میری آنکھیں ابھی تک اس کی چھری پر جمی ہوئی تھیں۔

''یہاں قریب ہی ایک وزونگو کا فارم ہے بوانا'' مانو اس اَن پڑھ گنوار نے میرے خیالات فرفر پڑھ لیے ہوں۔'' وہ کبھی کبھی اپنی بھیڑیں مجھ سے ذبح کروایا کرتا ہے بڑی پلی ہوئی بھیڑیں ہیں اس کی''۔ ہونٹوں پر زبان پھیرتے ہوئے جب اس نے میری طرف گرسنہ نظر اٹھائی تو مجھے یوں لگا جیسے میں بھی کوئی نہایت پلی ہوئی لذیذ بھیڑ ہوں۔

''سگریٹ پیو گے؟'' اپنے لیے سگریٹ سلگاتے ہوئے میں سچ مچ چھری کے نیچے بندھی ہوئی کسی بھیڑ کی مانند ممیایا۔

''نہیں بوانا، ایسے شوق ہم غریبوں کے لیے نہیں ہوتے۔ ہاں اگر دو چار سینٹ دے دو تو ٹھیک ہے، جامبو، مامامضے، جامبو، ماماڈوگو'' مجھے جیب میں ہاتھ ڈالتے دیکھ کر اس نے ماں جی اور میری بیوی سے بڑے ادب سے کہا۔

''سانٹے بوانا کوبا! سانٹے سانا'' مجھ سے سونی لیتے ہوئے جنگلی ہاتھی اپنی چنگھاڑ بھول کر کسی پالتو کتے کی طرح خرخر کرنے لگا اور میں نے نہایت اطمینان سے سگریٹ کا کش لیتے ہوئے قدم آگے بڑھایا۔

ہماری ٹھوکریں کھا کھا کر آخر پگڈنڈی نے ایک جگہ دم توڑ دیا۔

''یہی لیک کیکو یو ہے!''

ہمارے سامنے نیچے کی طرف گیلی گیلی دھرتی کا ایک وسیع ٹکڑا گویا ہماری بوکھلاہٹ سے محظوظ ہو کر کسی بچے کی طرح روتے روتے ہنس دیا۔

''ہاں بوانا کوبا، یہی لیک کیکو یو ہے۔ اوپر زمین ہی زمین نظر آتی ہے اور نیچے کئی میل گہرا پانی ہے''۔

''بڑی عجیب بات ہے''۔ اس عجیب بات کو دیکھتے ہوئے میری نگاہیں ایک اور عجیب بات پر پھسلنے لگیں۔ وہ کوئی امریکی لڑکی معلوم ہوتی تھی اور اپنے دو چار ٹورسٹ ساتھیوں کے ہمراہ جھیل پر اچھل کود کر رہی تھی ''کتنی عجیب بات ہے''۔

''وہ دیکھیے، کئی جگہوں پر پانی سے بھرے ہوئے گڑھے نظر آ رہے ہیں، کئی گڑھے

ایک آدھ گز زمین کی تہہ سے ڈھکے ہوئے ہیں لیکن کئی ایسے بھی ہیں جن میں گر کر آدمی کا نشان تک نہیں ملتا''۔

ہمارے قریب ہی ایک ادھیڑ عمر گجراتی جوڑا بیٹھا تھا۔ مرد نے مجھ سے مخاطب ہو کر کہا ''یہ کالا چھوکرا لوگ لیک کا چپہ چپہ جانتا ہے۔ ایک گڑھے میں اتر کر دوسرے سے باہر جا نکلتا ہے''۔

اچھا؟''

''اگر تم ان گڑھوں میں کنگوترہ پھینکے گا تو یہ لوگ پھورن نکال لائے گا'' گجراتی سیٹھ نے اپنے کوٹ کے اندرونی گڑھے میں ہاتھ ڈالا، شاید یہ سوچ کر کہ کہیں اس کا بٹوہ نہ نکال لیا گیا ہو'' سالا بڑا ہوشیار لوگ ہے؟''

ہم سب بھی وہیں ڈیرا جمانے کی تیاری کرنے لگے۔

''تم ان گڑھوں کے اندر اتر سکتے ہو؟'' میں نے ایک افریقی لڑکے سے پوچھا۔

''دو سال ہوئے اس کا بڑا بھائی ایک شلنگ کے لیے وہاں جا اترا'' ایک اور کالا لڑکا مجھے بتانے لگا' یہاں، اس گڑھے میں، ہمارے دیکھتے ہی دیکھتے اس کا سارا بدن جھیل کے اندر دھنس گیا، نہ جانے کہاں غائب ہو گیا''۔

چھوٹے بھائی کی آنکھوں سے پانی کی ایک دھار پھوٹ آئی جیسے اس گیلی دھرتی پر جگہ جگہ گھاس کے نیچے ان گنت دھاریں پھوٹ رہی تھیں۔

''تمھیں نیچے جاتے ہوئے ڈر نہیں لگتا؟''

''نہیں، بوانا، سب نے ہنس ہنس کر کہا۔ وہ چھوٹا بھائی بھی آنسو پونچھ کر ہنسنے کی کوشش کرنے لگا''نہیں بوانا!''

''ست نام سری واہگورو!''

''چلو بیٹھو، سب روٹی کھالو، پھر تمھیں نیچے جھیل میں لے جائیں گے''۔ میری بیوی نے بچوں سے کہا اور ٹفن کیریر کھول دیا۔

''پیدل چل کر میری بھوک تو بہت چمک اٹھی ہے''۔ میں نے جلدی جلدی روٹی میں انڈوں کی سبزی رکھ کر اس کا سینڈوچ بنایا اور نگلنے لگا۔

''اتنی جلدی کیا پڑ گئی ہے؟ بالکل بچے ہیں آپ بھی!''

تیز تیز کھاتے ہوئے میری نظر اچانک ان افریقی بچوں کی طرف اٹھ گئی۔ وہ چپ چاپ بوڑھے سے نظر آتے ہوئے ایک طرف بیٹھے ہماری جانب دیکھ رہے تھے۔ جب بچوں کا بوڑھا بننا معیوب نہ ہو تو بوڑھوں کا بچے بن جانا بھی عین مناسب سمجھا جاتا ہے۔ میں نے بالکل کسی بچے کی مانند ضد کرتے ہوئے اپنی بیوی سے کہا ''نہیں یہ سبزی تھوڑی ہے اور دو؟''

جب ہم سیر ہو کر کھا چکے تو برتن صاف کرنے سے پہلے افریقی لڑکوں نے ہمارا بچا کھچا آپس میں بانٹ لیا۔

''اس سے ان بے چاروں کا کیا بنے گا؟'' میں نے اپنی بیوی سے کہا۔ ''وہ مٹھائی بھی انھیں دے دو''۔

''تھوڑی دیر میں بچوں کو پھر بھوک لگی تو انھیں کیا دوں گی؟''

''بہت دیالو معلوم ہوتے ہو، بابو'' گجراتی سیٹھ کہنے لگا۔

''جی؟'' میں نے ایسی شکل بنالی جیسے واقعی اس کے الفاظ کو سن نہ پایا ہوں۔

''میں نے کہا تم بڑے دیالو نجر آتے ہو''۔

پیٹ بھر جانے کے بعد اگر کوئی تعریف کرنے والا مل جائے تو دل اپنے آپ خوشی سے بھر کر جھوم اٹھتا ہے۔

''آپ ٹھیک کہتے ہیں سیٹھ جی، میرا بیٹا تو زرا ست جگی ہے''۔

میری بیوی نے مٹھائی کا لفافہ سنبھال کر پرے ٹوکری میں رکھ دیا اور میں نے ذہنی لذت محسوس کرتے ہوئے مسکرا مسکرا اپنے آپ سے کہا کہ سیٹھ ٹھیک کہتا ہے، ماں جی بھی بالکل ٹھیک کہتی ہیں۔

پھر میں ذرا ستانے کے لیے نیم دراز ہو گیا، سگریٹ سلگایا اور سیٹھ جی سے بہت پیار سے بہکی سی آواز میں پوچھا ''آپ نیروبی میں کہاں رہتے ہیں سیٹھ جی؟''

تھوڑی دیر میں بچوں نے شور مچانا شروع کر دیا کہ نیچے جھیل میں چلیں۔

جب ہم نے جھیل کی دھرتی پر قدم رکھے تو اسے ہلتا ہوا پا کر ہمارے دل بھی ذرا ذرا

ملے لیکن ہم بظاہر مسکراتے ہوئے بڑھتے گئے، پہلے ہولے ہولے احتیاط سے، پھر کچھ دور جا کر ڈر دور ہوا تو تیز تیز، اور پھر اوروں کو اچھلتے کودتے دیکھ دیکھ کر ہم بھی بے پروائی سے دوڑنے لگے۔

''بڑی عجیب بات ہے''میں کسی اسکول کے بچے کی مانند لرزاں زمین پر اچھلنے لگا۔

''یہ لیک بھی قدرت کا ایک بہت بڑا معجزہ ہے۔ دیکھو''۔ میں اپنی بیوی کی توجہ اپنی طرف مبذول کر کے بہت سرعت سے اچھلا۔ میرے قدموں کے نیچے دھرتی یوں کانپی جیسے کسی افلاس زدہ افریقی کا دل۔ جس پر بیسیوں آلام پھدک کر قہقہے لگاتے رہتے ہیں۔

کسی ایشیائی تاجر کے شاندار بنگلے میں دن رات کام کرتا ہوا یہ بوئی (مجھے اپنی ننھی ژائی سے ملے آج پورے دو برس ہو گئے ہیں۔ اب وہ کیسی لگتی ہو گی؟'')

کسی فارغ البال انگریز نوآبادکی تصاویر کی نمائش گاہ میں نہایت محنت سے تصویریں ٹانگتا ہوا یہ کالا مزدور (یہ کام تو آج شام کو ہی ختم ہو جائے گا۔ کل کیا کروں گا؟)

ٹیکنیکل کالج میں تعلیم پاتا ہوا کسی مفلس افریقی گھرانے کا یہ ہونہار سپوت! ('' میاؤں، اگر تم کل بھی فیس نہ لائے تو تمھارا نام کالج کے رول سے کاٹ دیا جائے گا''۔ میاؤں کسی کتے کی طرح بھونکنا چاہتا تھا'' مگر بیمار مسکین بلی بنا دودھ کی خالی ہنڈیا چاٹتا رہا '' میاؤں ___ میا ___ ؤ ___ ں!'')

میری بیوی مجھ سے کہہ رہی تھی '' یہ عجوبہ آپ کو دنیا بھر میں کہیں نہ ملے گا''۔ دراصل اس کا یہ مطلب تھا کہ میرے ہی ماں باپ نے آپ کو اس ملک میں منگوایا تھا، ورنہ آپ کو ایسے عجوبے دیکھنے کہاں نصیب ہوتے؟'' دیکھیے نا! وہ بھی جھیل کی کانپتی دھرتی پر زور سے اچھلی۔

''ہائے رام'' یکا یک وہ ہریش کی چیخ سن کر تیزی سے پلٹی۔ بھاگتے بھاگتے ہریش ایک چھوٹے سے گڑھے میں جا گرا تھا۔

گڑھے نے اونچی اونچی گھاس سے سر اٹھا کر گویا نہایت مؤدب انداز میں ہم سے کہا '' گھبرایئے نہیں ہم چھوٹے چھوٹے ادنیٰ گڑھے بھلا، آپ کا کیا بگاڑ سکتے ہیں؟''

ہمارے ساتھ آیا ہوا ایک افریقی لڑکا لپک کر ہریش کو گڑھے سے باہر نکال لایا اور میری طرف دیکھتے ہوئے اپنی ملتجی آنکھوں سے کہا" ساب بخشیشی؟"

میں نے تانبے کے دو چار سکّے نکال کر اس کے ہاتھ میں تھما دیے۔

"ست نام! شکر ہے تیرا کرنی والے! بیٹا آج ہی بھگوان کے مندر میں ایک من اناج دے آنا"۔

"چلیے اب واپس چلتے ہیں" میری بیوی نے ہریش کو اپنے بازوؤں میں زور سے بھینچ رکھا تھا۔

"ماں کوکا کولا" ہریش نے سسکیاں بھرتے ہوئے اپنی خواہش کا اظہار کیا۔

"نہیں ایسا بھی کیا خطرہ ہے۔ آگے نہیں جاتے گھڑی بھر کے لیے یہیں بیٹھ جاتے ہیں"۔

ہم سب وہیں ایک طرف کٹی ہوئی صاف گھاس پر بیٹھ گئے۔ اسی اثنا میں ہمیں کچھ فاصلے سے امریکی ٹورسٹ لڑکی کی باریک اور شیریں آواز سنائی دی۔" یہ گڑھا کتنا گہرا ہے؟"

"بہت گہرا ہے میم ساب، بہت گہرا"۔ ایک افریقی لڑکے نے اسے جواب دیا۔

"لو، ہم اس میں ایک شلنگ پھینکتے ہیں۔ ایک دو۔ تین۔ اور یہ لو چھ اور جاؤ نکال لاؤ"۔

"نہیں میم صاحب، یہ بہت گہرا ہے"۔

سب امریکی ٹورسٹ ہنستے ہوئے آگے بڑھ گئے اور وہ افریقی لڑکا تنہا وہیں کھڑا لالچی نظروں سے اس گڑھے میں جھانکتا رہا۔ نو شلنگ! نو شلنگ!! وہ کچھ دور جا کر پھر وہیں پلٹ آیا۔ ہمارے ساتھ آئے ہوئے کالے چھوکرے بھی اس کے پاس جا کھڑے ہوئے۔ ان سب کی سہمی سہمی آنکھیں گڑھے کی گہرائی ناپ رہی تھیں۔ اب اس انجانی گہرائی میں نو چمکیلے سکے ڈھونڈ رہی تھیں۔

آخر سب لڑکے نہایت مایوسی اور تاسف سے سر ہلا ہلا کر وہاں سے چلے آئے، مانو امریکی لڑکی کی بجائے خود ان ہی کا نو شلنگ کا نقصان ہو گیا ہو۔

''ماں کُو کا کولا؟''

چار پانچ منٹ میں مجھے اپنا ایک نوجوان واقف کار، مسٹر لیش ویر اپنی بیوی کے ہمراہ آتا دکھائی دیا۔

''ہیلو'' میں نے اسے پکارا۔

''ہیلو، کیا حال ہے؟''

''کہیے'' سنڈے منایا جارہا ہے۔ آیئے، بیٹھیے۔

''نہیں، ذرا گھومتے ہیں''۔ لیکن جب اس کی بیوی میری بیوی کے پاس بیٹھ گئی تو وہ بھی میرے قریب آ بیٹھا۔

''کہیے دل تو خوب لگ گیا ہے نا؟'' لیش ویر چند ماہ پہلے کینیا میں پہلی بار آیا تھا اور نیروبی کے کسی اسکول میں ٹیچر تھا۔

''یہاں تو اپنے آپ دل لگتا ہے جی۔ دیکھیے چاروں طرف کیا فرسٹ کلاس نظارے ہیں''۔ پھر اس نے اپنے لہجے میں دانائی پیدا کرتے ہوئے کہا'' مگر ایک بات ہے۔ اس ملک کی کلچرل اور سوشل لائف بڑی پوئر ہے۔ ہمارے شہروں جیسی بات نہیں''۔

مسز لیش ویر میری بیوی سے کہہ رہی تھی'' مسٹر ویر انڈیا کے لڑکوں کی طرح نہیں دیکھیے کتنا سمارٹ ہیں، بالکل یہیں کے لڑکوں کی طرح معلوم ہوتے ہیں''۔ مسز لیش ویر یہیں پیدا ہوئی اور پلی تھی۔ اس کے باپ کو جب یہاں اپنی بیٹی کے لیے کوئی پڑھا لکھا اور مناسب ور نہ مل سکا تو وہ اسے شادی کے لیے انڈیا لے گیا۔

''آپ ٹھیک کہتے ہیں'' میں نے لیش ویر سے کہا۔ یہاں کا تہذیبی معیار واقعی بہت پست ہے'' جیسے یہ کہہ کر میں نے لیش ویر کو یقین دلانے کی کوشش کی ہو کہ میں خود بڑا تہذیب یافتہ ہوں۔

''وِنے صاحب آپ کی بہت تعریف کرتے ہیں'' لیش ویر کہنے لگا۔'' کبھی ملا کیجیے، یہاں تو سمجھ بوجھ والے آدمی نظر ہی نہیں آتے''۔

''ہاں، ہاں، ضرور!'' میں نے خوش ہو کر کہا'' وِنے صاحب آپ کی بھی بہت تعریف کرتے ہیں۔ وہ میرے پرانے دوست ہیں۔ دلّی میں وہ اور میں ہر شام کو چاٹ کھانے

کے لیے چاندنی چوک جایا کرتے تھے‘‘۔

’’وہاں کی چاٹ کی کیا بات ہے جی! آدمی سارا دن کھاتا رہے مگر جی نہیں بھرتا۔ دیکھیے نا، اب یہاں کوئی کام کی چاٹ بھی نہیں بنا سکتا۔ یہ بھی کوئی ملک ہے؟‘‘

’’یہاں کی بات چھوڑیے آپ، یہ لوگ تو کچھ بھی نہیں جانتے۔ میں تو کہتا ہوں کہ تنخواہ یہاں کی ہو، اور رہنا دلّی کا۔ مزا آجائے‘‘۔

’’واقعی مزا آجائے۔ آتے ہی مجھے آٹھ سو شلنگ ماہوار ملنے لگے ہیں‘‘۔

’’ہاؤس الاؤنس ملا کر مجھے آج کل چودہ سو ملتے ہیں‘‘۔ میں نے ذرا اونچی آواز میں کہا تا کہ اس کی بیوی بھی سن لے۔

’’مگر بہن‘‘ میری بیوی مسز لیش ویر سے کہنے لگی ’’پتہ نہیں لگتا اتنا جاتا کہاں ہے‘‘۔

میرا ذہن گھڑی بھر کے لیے بینک بیلنس کے ہندسے گننے لگا۔ ’’لیش ویر جی، آپ سچ کہتے ہیں۔ یہاں کے جیون میں وہ بات نہیں، وہ اعلیٰ کلچر نہیں‘‘۔

میرے تینوں بچے ہمارے آس پاس ناچنے لگے۔ لیش ویر نے اسکول ماسٹر سا نظر آتے ہوئے انھیں آرام سے بیٹھنے کے لیے کہا اور خود بھی کھڑا ہو کر ان کے ساتھ ساتھ اچھلنے لگا۔ دیکھا دیکھی ہم سب چھلانگیں مارنے لگے، ماں جی بھی بیٹھی بیٹھی اپنی ٹانگیں ہلانے لگیں۔ ہانپتے کانپتے دھرتی کا دم پھول گیا۔

’’ہہ ہہ ہہ ہا۔۔۔ ہہ!‘‘

افریقی بچے چپ چاپ ہمارے منہ تکتے رہے۔

’’کیا معجزہ ہے!‘‘

’’واقعی ایسی جھیل ساری دنیا میں نہیں ملتی‘‘۔

’’دی ایٹتھ ونڈر آف دا ورلڈ!‘‘

’’چلیے، اب ذرا آگے جا کر گھومتے ہیں‘‘ مسز لیش ویر نے اپنے شوہر سے کہا۔

’’چلیے کنارے پر چلیں۔ کوئی اپنی چیزیں نہ اڑا لے جائے، وہیں گھومیں پھریں گے‘‘۔ میری بیوی نے مجھے ہدایت کی۔

’’ہاں چلو‘‘۔

کنارے پہنچ کر ہم سب جمگھٹا سا بنا کر ایک طرف کھڑے ہو گئے۔ قریب ہی ایک درخت کے نیچے ایک ادھیڑ عمر افریقی اخبار پڑھنے میں منہمک تھا۔ میں اس کے نزدیک چلا آیا وہ کڑوی سی سوالیہ نظروں سے میری طرف دیکھنے لگا۔

میں بڑے دوستانہ لہجے میں گویا ہوا— ''ہمارے قدموں کے نیچے جھیل کی زمین تھرتھر کانپتی ہے— کتنا بڑا معجزہ ہے!''

اس نے نہایت خشک انداز میں جواب دیا۔

''مگر میں تو اسے ایک معجزہ سمجھتا ہوں کہ آپ کے قدموں کے نیچے صرف جھیل ہی کی زمین کیوں کانپتی ہے۔ سارے افریقہ کی زمین کیوں نہیں کانپتی؟''

''ست نام سری واہگورو''۔

◆◆◆

نازائیدہ

رانا پیلس کے بار میں چند دوست بیٹھے شراب پی رہے تھے اور متعجب تھے کہ دو بڑے بڑے ٹاٹ حلق سے اتار لینے کے باوجود نشے کا احساس کیوں نہیں ہو رہا ہے۔

''ایک تو یہ ہوسکتا ہے'' سمپت کہنے لگا'' کہ ساری شراب ہی اچھی نہ ہو''۔

''مگر شراب کی بوتل پر مہر وغیرہ تو میں نے چیک کر لی تھی''۔ رام سنگھ نے اسے بتایا۔

''مہر کو چھوڑ و یار'' جمال نے کہا۔ نوکری اور بیوی ملنے سے پہلے مہر تو میری بھی بڑی سختی سے چیک کی گئی، مگر مجھے معلوم ہے کہ میں اچھا آدمی نہیں ہوں''۔

''تو دوستو، نتیجہ یہ نکلا کہ شراب تو اچھی ہے، شاید ہم ہی برے ہیں''۔

''شاید کیوں؟ مجھے تو یقین ہے کہ میں ہی برا ہوں''۔

'' رام سنگھ سب کے لیے ایک ایک اور تگڑا سا ٹاٹ بنانے لگا۔

''نہیں، اگر تم واقعی برے ہو مہربان سنگھ، تو اب تک تم پر شراب کا اچھا نشہ طاری ہونا چاہیے تھا... میرے گلاس میں تھوڑی اور ڈال دو رام سنگھ'' سمپت نے اپنا گلاس رام سنگھ کی طرف سرکا کر کہا'' میرا تو یہ خیال ہے کہ ہم اچھے ہیں نہ برے، بس جیسے ہیں ویسے ہی ہیں، ورنہ نشہ نہیں چڑھا تو ہم کم سے کم ہوش میں تو ہوتے''۔

''میں تو پورے ہوش میں ہوں'' رام سنگھ سمپت کے گلاس میں شراب انڈیلنے لگا۔

''پورے ہوش میں؟... ہہ ہہ ہا... ہہ!... ہہ!...''

مہربان سنگھ نے قہقہہ لگایا۔'' واہ بھائی جی واہ!... تم ہی ایک خوش نصیب ہو رام سنگھ جسے آج نشہ چڑھا ہے''۔

''ہاں بھئی! آج کل تو ہمارا خدا بھی پورے ہوش میں نہیں۔ جو شخص بھی دنیا میں بھیج

رہا ہے، ہم جیسا... چند لوگ اچھے ہوں چند برے، کوئی گھمسان کا یدھ ہو اور جینے دینے کا ذرا مزہ آئے...''

''ہاں''۔ رام سنگھ انھیں سمجھانے لگا۔ ''اسی لیے میں اپنے آپ سے چوبیس گھنٹے لڑتا رہتا ہوں، اپنی اتنی پٹائی کرتا ہوں پر مجال ہے ایک خراش بھی آجائے''۔

''نہ بابا، مجھے تو مار کٹائی سے ڈر لگتا ہے۔ میرا خون اتنا میٹھا ہے کہ ذرا بھی زخم آجائے تو بھرنے کا نام نہ لے''۔

تم ٹھیک کہتے ہو مہربانے، ہم لوگوں کی سوچ کو بھی ذیابطیس ہو گیا ہے۔ تھوڑا ما غصہ آبھی جاتا ہے تو ہم زخم کے ڈر سے ہنسنے لگتے ہیں۔ یار کوئی مزیدار جوک سناؤ، رام سنگھ''۔

''وہ تو اپنا جوک سنا چکا ہے کہ پورے ہوش میں ہے''۔

''سمپت میرے بھائی''۔ مہربان نے کہا ''میری آنکھوں میں سگریٹ کا دھواں کیوں چھوڑ رہے ہو؟...''

''تاکہ چبھن سے تمھاری آنکھوں سے گندہ پانی اتر جائے مہربانے، اور تم صاف صاف دیکھنے لگو''۔

''صاف صاف دیکھنے سے بھی کون سا دا ہگورو نظر آجائے گا یارو''۔ مہربان سنگھ اپنی آنکھیں ملنے لگا۔ ''لاؤ رام سنگھ، تھوڑی اور ڈالو۔ اپنے سردار بھائی ہو پر ہر بار دوسروں سے کم ڈال جاتے ہو''۔

''ہاں سردار بھائی۔ میں بڑا کمینہ آدمی ہوں۔ کسی سالے کو اپنا سمجھ کر فائدہ پہنچانا چاہتا ہوں تو بے چارے کو مجھ سے الٹا نقصان پہنچ جاتا ہے''۔

''لو مہربان''۔ سمپت نے سگریٹ سلگا کر پیش کش کی۔ ''اس سے پہلے کہ میں اپنا خیال بدل لوں، میری حماقت کا فائدہ اٹھاؤ اور اس راؤنڈ کا میرا یہ بقیہ حصہ بھی پی جاؤ۔ جلدی کرو بھائی!...''

''کوئی نیکی کرنے کا خیال آتے ہی ہم اپنے آپ کو احمق کیوں سمجھنے لگتے ہیں؟''

جمال نے منہ اتنا معصوم بنالیا کہ سمپت کا جی چاہا، اسے ڈانٹ دے، چپ! بڑوں کی باتوں میں بچے نہیں بولتے۔

''بتاؤ نا، کوئی نیکی کرنے کا...''

''ارے بتائیں کیا؟'' سمپت نے اسے ٹوکا'' نیکیاں کرنا صرف نیک آدمیوں کا کام ہے۔ ہمیں اوپر والا کوئی اسپیشل الاؤنس تھوڑا ہی دیتا ہے جو اپنا کام بڑھاتے چلے جائیں''۔

''اس میں بے چارے اوپر والے کا کیا دوش؟ وہ تو اوپر کے چند لوگ ہی اس کی ساری نعمتوں کو آپس میں بانٹ لیتے ہیں'' جمال کو سر کھجانے کی خواہش ہو رہی تھی لیکن اپنی ٹوپی اتار کر اسے سر کھجانا یاد نہ رہا۔'' اور باقیوں کو جیتے جی جہنم میں ہانک دیتے ہیں''۔

''میرا دا گھورو تو میری سنے گا نہیں، جمال''۔ مہربان سنگھ نے کہا'' پر تم اتنے برے نہیں ہو۔ کبھی فرصت میں اپنے خدا کو ساری باتیں کھول کر سمجھا آؤ''۔

''سمپت ہنسنے لگا۔'' ساری شراب ہی جب بے اثر ہے تو خدا سے باتیں کرنا کیوں کر ہوگا؟... بوائے، اور بھجیا لاؤ...''

''بھجیا سے ہی پیٹ بھر لو گے سمپت، تو شراب کہاں ڈالو گے؟''

''سر میں، رام سنگھ! میں پیتا ہوں تو صرف اس لیے، کہ اپنا سر شراب میں ڈبو دوں اور میری ساری سوچیں مردہ ہو کر سطح پر ابھر آئیں...''

جمال کو اچانک سر کھجانا یاد آ گیا اور وہ ٹوپی پہلو میں ڈال کر سر کھجانے لگا۔ مگر اب کے اسے وہ بات بھول گئی جسے کہنے کے لیے اس نے منہ کھولا تھا۔

''میں بھی جب خوب پی لیتا ہوں، دوستو''۔ مہربان سنگھ انھیں بتانے لگا'' تو میری سوچوں کے لاشے ابھر ابھر کر اندرونی کھوپڑی کو چھونے لگتے ہیں اور میں بے چین ہو کر اپنے سر کو اور زور سے کھجانے لگتا ہوں، اور میری مردہ سوچیں جوؤں کی جون میں جھڑنے لگتی ہیں...''

''تمھیں زندہ یا مردہ سوچوں سے کیا غرض، مہربان سنگھ؟'' جمال کو سر کھجا کر چین آ گیا تو اس نے مسکراتے ہوئے کہا'' تمھاری جوئیں ہی جوؤں کی جون لے کر جھڑتی ہوں گی''۔

گرم گرم بھجیا آ گیا تو چاروں نے بیک وقت پلیٹ کی طرف ہاتھ بڑھا دیے۔

''شراب کے ساتھ ہمیں اچھی خوراک کھانی چاہیے۔'' رام سنگھ نے منہ کو بھجیا سے

بھر لیا۔

''بھجیا میں رکھا ہی کیا ہے؟''

''ہاں بھجیا میں کباب کہاں سے آجائیں گے؟... بوائے! کباب کی بھی ایک پلیٹ لے آؤ!''

''پر تم تو گوشت خور نہیں ہو، سمپت؟''

''جب سے مجھے یقین ہو گیا ہے کہ گھاس پھوس میں بھی جان ہوتی ہے میں نے ہر جاندار کا گوشت کھانا شروع کر دیا ہے''۔

''انسان کا بھی، سمپت؟''

''انسان کا بھی کھا لیتا لیکن مجھے گوشت کی جگہ پلاسٹک کھانا پسند نہیں... ارے سنو، باہر مارکیٹ میں شور کیوں ہو رہا ہے؟...''

سینکڑوں قہقہے باہر سے سرپٹ دوڑتے ہوئے ان کے کانوں میں آ گھسے اور ناک یا منہ یا آنکھوں میں تیز تیز پھدکنے لگے۔

''آؤ، باہر جا کے دیکھتے ہیں''۔

چاروں باہر آ گئے اور دیکھا کہ انگنت لوگ مارکیٹ کے فرسٹ فلور کے جنگلے پر جھکے بے تحاشہ ہنستے ہوئے گراؤنڈ فلور کی طرف دیکھ رہے ہیں۔

سمپت سب کے آگے آگے جنگلے کی طرف ہو لیا۔ وہ اس قدر احتیاط سے چل رہا تھا کہ صاف پیے ہوئے معلوم ہوتا تھا... ارے!... اچانک وہ کسی سے ٹکرا گیا اور اس بھلے مانس کو ہدایت کرنے لگا کہ شراب پی کر گاڑی چلانا منع ہے۔ وہ ہنسنے لگا تو یہ بولا، ارے بھائی، گاڑی ہی تو چلاتے ہو۔ نشے میں ٹوٹ پھوٹ گئے تو ساری عمر پھک پھک کرتے بیتے گی۔ ارے بھائی رام سنگھ' اس نے اچانک اپنا منہ رام سنگھ کی طرف موڑ لیا'' وہسکی کی بوتل وہاں میز پر دیتے ہی چھوڑ آئے ہو، کوئی بیرا ہی اسے نکال کے اتنی ہی پانی سے بھر دے گا''۔

''ہاں''۔ مہربان بولا ''میں کوٹ کی اندرونی جیب میں رکھ کے ساتھ ہی لے آیا ہوں''۔ جنگلے کے آس پاس بھیڑ کو چیر کر وہ بھی نیچے دیکھنے لگا۔

''کہاں ہے؟''

''کیا؟ کون؟...''

''وہ...وہ دیکھو!...''

انھوں نے دیکھا اور دیکھتے ہی رہ گئے۔

ایک نوجوان عورت اپنے گھاگرے کو ہاتھوں سے اوپر اٹھا کے ایک دوکان کے سامنے ننگی کھڑی تھی۔ گراؤنڈ فلور پر بھی کئی آدمی اس کے ارد گرد جمع ہو کر چلا رہے تھے۔ ان کی باچھیں کھلی ہوئی تھیں، اعصاب تنے ہوئے اور وہ ایک دوسرے کو جھٹک جھٹک کر گویا بڑے دھیان سے دیکھنے کو کہہ رہے تھے۔

''او بھوری...!''

''اری بھوری، ادھر بھی تو دیکھو!...''

''لو دیکھ لو!'' بھوری بولنے والوں کی طرف ناچنے کے انداز میں مُڑ مُڑ کر ویسے ہی ننگی کی ننگی کھڑی ہو جاتی ''لاؤ، کیا دو گے؟''

''ادھر بھی، بھوری!'' کسی نے اس کی طرف دو کا نوٹ پھینک کر خواہش ظاہر کی۔

اور بھوری نے ہنستے ناچتے نوٹ اٹھا کر اس کی طرف منہ کر لیا۔ ''لو!''

اس کے سامنے کی دوکان والے نے اس سے ہاتھ جوڑ کر کہا ''جاؤ، بھوری، بھگوان کے لیے جان چھوڑ دو''۔

بھوری نے اپنا گھاگرا کندھوں تک اوپر اٹھا کے گلے میں لپیٹ لیا اور دوکاندار کی طرف سر اٹھا کر مسکرائی ''پہلے پانچ روپے دو، پھر چھوڑوں گی''۔

''پولیس!... پو...!...''

بھوری نے دھڑ اپ سے گھاگرا نیچے گرا لیا اور مڑ کر دیکھنے لگی، مگر یہ اطمینان کر کے کہ کسی نے یونہی مذاق کیا ہے، گھاگرے کو پھر اوپر اٹھا لیا اور لوگوں نے پھر اپنی نظریں اس کی رانوں میں ٹھونس لیں۔

دوکاندار نے بڑبڑاتے ہوئے روپے روپے کے دو تین سکے اس کی طرف پھینکتے ہوئے کہا ''جاؤ موری ماں، بھاگو اب...!''

''ڈٹی رہو بھوری ڈرو نہیں...لو!...''

''لاؤ'' بھوری نے بولنے والے کی طرف مُڑ کر کہا۔

لو!...لو!...ل...!...

یکبارگی کئی تماشائی اس پر چاروں طرف سے چھوٹے موٹے سکے پھینکنے لگے۔

''ارے!...ارے! میری جان کے بیری کیوں ہو گئے ہو؟'' بھوری اپنے وجود کو گھما کر بولی'' کنکر کیوں مار رہے ہو؟ نوٹوں اور نجروں سے مارو...''

سمپت!...سم...'' سمپت جنگلے پر جھکے نیچے لڑھک جانے کو تھا کہ جمال نے اسے تھام لیا'' اس بھوری بھینس کے پاس پہنچنا ہے تو اِدھر سیڑھیوں سے نیچے جاؤ۔ یہ راستہ تو سیدھا جہنم کو جاتا ہے''۔

تو کیا ہوا، میرے یار؟ تم بھی تو میرے ساتھ ہو گے...''

رام سنگھے، تمھاری پتلون کوئی گھاگرا تو نہیں جو تم بھی اسے بار بار اوپر اٹھا رہے ہو''۔

''نہیں مہربان، بات یہ ہے کہ وہ اپنا گھاگرا اوپر اٹھاتی ہے تو مجھے لگتا ہے میری پتلون نیچے سرک رہی ہے''۔

''سرکنے دو، سنگھے،... پر کیا فائدہ؟ پتلون کے نیچے تم نے اپنا کچھا صاحب پہن رکھا ہوگا''۔

اسی اثنا میں اوپری منزل سے دو تین دوکاندار بھوری کو وہاں سے ہٹانے کے لیے اس پر پانی کی بالٹیاں انڈیلنے لگے اور وہ سرعت سے گھاگرے کو ٹانگوں پر گرا کے چیختی ہوئی مارکیٹ کے باہری گیٹ کی طرف بھاگنے لگی اور اس کے پیچھے ساری بھیڑ۔

''بھوری تو گئی لیکن چلو، ہماری بھوری بوتل تو موجود ہے''۔

''تمھاری بھوری کس کام ہے رام سنگھ؟...دیکھو نا، جو بھوری نشہ آور تھی، اس کا کاک آپ ہی آپ بھپ سے کھل گیا،...وہ آپ ہی آپ منہ سے آ لگی اور اس سے پہلے کہ لوگ اسے غٹ غٹ پی جائیں، وہ آپ ہی آپ پھر سے اُڑ گئی...'' سمپت نے خشک ہونٹوں پر زبان پھیرنے لگا۔'' بڑی خاص چیز تھی''۔

''وہ تو گئی بابا، پر یہ جو ہے۔ جیسی بھی ہے، اسے کیوں چھوڑتے ہو؟...آؤ''۔

''چلو!'' سمپت چلنے کی تیاری کرنے لگا۔'' سالی اتنی آبدار شے تھی کہ اس کے جانے

کے بعد بھی لگ رہا ہے اسے گھونٹ گھونٹ پیے جا رہے ہیں''۔ اس نے پھر اپنے خشک ہونٹوں پر زبان پھیری۔

''جو چیز ہاتھ سے نکل جائے سمپت''۔ جمال اسے سمجھانے لگا۔'' اسے بھول جانے میں ہی بھلائی ہوتی ہے''۔

'' کیا اسے بھول کر آپ اپنا بھلا کر چکے ہیں، مولوی صاحب؟''

''نہیں، مجھے تمھارا بھلا کرنا مقصود ہے۔ میرا تو یہ ہے کہ جو بھی بری خواہش میرے بس سے باہر ہوتی ہے اسے پورا کرنے کے لیے کوئی ایسی بری خواہش پوری کر لیتا ہوں جو میرے بس میں ہو''۔

''تو جاؤ، اس پیشاب گاہ میں اپنی خواہش پوری کر آؤ...آؤ سمپت''۔

''نہیں ٹھہرو''۔ سمپت نے چاروں طرف نظر دوڑا کر کہا'' ابھی ابھی میلا لگا ہوا تھا مگر اتنی سی دیر میں ہی اب کوئی دکھائی نہیں دے رہا ہے''۔

''دکھائی کیسے دے؟ وہ سبھوں کو اپنے گھاگرے میں سمیٹ کر لے گئی ہے''۔

''ہہ ہہ...ہہ...!''سمپت اپنے شرابی قہقہے سے گدگدی محسوس کر کے اور زور سے قہقہانے لگا'' ہہ ہہ ہا!...سبھی حرامی پلے بڑی امید سے ماں کے گھاگرے میں جا سمٹے ہیں کہ شاید اس طرح پیدا ہو جائیں گے، پر ان سے پوچھو وہ بانجھ انھیں جنے گی کیسے؟... ہہ... ہا!...''

◆◆◆

بجھتے سورج کا سمے

''چلو ڈاڈو، آج تمھیں لیڈر پارک لے چلتے ہیں''۔

''وہاں کیا ہے، انو؟''

''اوپر ایئر تھیئٹر۔ آج وہاں شیکسپیئر کی ٹریجڈی 'اوتھیلو' کھیلی جا رہی ہے''۔

''انو کا دادا ہنسنے لگا۔'' ہائی بھائی، زندگی ہو یا ڈرامہ، تمھارے امریکی اسے ہنستے کھیلتے رو لیتے ہیں''۔

''او ڈاڈو، ڈونٹ بی فنی!'' انو نے اپنے بال جھٹک کر اپنے دادا سے کہا، جو پچھلے ہفتوں سے اپنے بیٹے کے یہاں وزٹ پر امریکہ آیا ہوا تھا۔'' چلنا ہے تو جلدی سے تیار ہو جاؤ۔ پورے ساڑھے چھ بجے شروع ہو جائے گا''۔

''ساڑھے چھ کا اعلان ہے انو، تو کم سے کم سات تو بجائیں گے ہی''۔

''نہیں ڈاڈو۔ یہ تمھارا ہندوستان نہیں۔ خواہ ایک بھی آدمی نہ پہنچے، پورے ساڑھے چھ پر شروع ہو جائے گا''۔

''کیا وہ پاگل ہیں بیٹی؟ کوئی ہوگا ہی نہیں، تو شروع کس کے لیے کریں گے؟ اپنے لیے؟'' دادا پھر ہنس پڑا'' مگر تم ٹھیک کہتی ہو۔ امریکی آپ ہی سب کچھ کرتے ہیں اور آپ ہی اپنے سامنے بیٹھ کر اپنے کیے پر خوش ہوتے رہتے ہیں''۔

''ڈونٹ بی ناٹی، ڈاڈو۔ دس پندرہ منٹ میں تیار ہو کر نیچے گیراج میں آ جاؤ''۔

''دادا کو کہاں لے جا رہی ہو انو؟'' دادا کی بہو اپشا بھی آ گئی۔

''کسی کالے شوہر نے اپنی سفید بیوی کو قتل کر دیا ہے۔ بہو، اور پھر اس کی بے گناہی کا یقین ہونے پر اپنی جان بھی لے لی ہے''۔

''کہاں، کیا یہیں ہمارے پڑوس میں، چلو، میں بھی چلتی ہوں''۔

''ڈاڈو، ممی کو بنا کیوں رہے ہو؟ ہم لیڈر پارک میں شیکسپیئر کا ڈرامہ دیکھنے جا رہے ہیں ممی''۔

''میں بھی چلوں گا'' راہو بھی اسی اثنا میں اپنے اسکول ٹیبل ٹینس کا میچ کھیل کر لوٹ آیا۔ ''میں نے ابھی تک شیکسپیئر کا ایک بھی پلے نہیں دیکھا''۔

''دوسروں کے دیکھے ہیں؟'' دادا نے پوچھا۔

''ہاں، ڈاڈو، مجھے وہ ڈرامے بہت اچھے لگتے ہیں جس میں تلوار کی لڑائی ہو''۔ پھر وہ بتانے لگا'' میں نے تلوار چلانے کی کلاس بھی جوائن کر لی تھی مگر ڈیڈی نے روک دیا''۔

''ہاں، بیٹے، ہوا میں تلوار چلانا اچھا لگتا ہے''۔

''مگر تلوار تو صرف ہوا میں ہی چلائی جاتی ہے''۔

''ٹھیک کہتے ہو بیٹے۔ ایک بات بتاؤں؟'' دادا کو خیال آیا کہ اگر اس وقت اس کا بیٹا امیر یہاں موجود ہوتا تو اس کے اس تکیہ کلام پر اسے ضرور ٹوک دیتا۔ ''سچ مچ کسی کی جان لینا ہو تو اپنی جان کا خطرہ کیوں مول لیا جائے، کیوں نہ دور پار سے ہی اس پر پستول چلا دیا جائے؟...''

''راہو کا دماغ پہلے ہی الٹی سیدھی باتوں سے بھرا پڑا ہے ڈاڈو''۔

''ہاں، پپا''۔ ایشا نے اپنی بیٹی کو روک کر سسر کو مخاطب کیا'' اسے تم مہا بھارت اور رامائن اور انڈین کلچر کا بتایا کرو''۔

''کیوں، ممی، میں اب کوئی بچہ تھوڑا ہی ہوں''۔

''نہیں''۔ دادا نے منہ پکا کر کے اپنے پوتے کو یقین دلانا چاہا۔ ''تم تو ہم سبھوں کے باپ ہو بیٹے۔ لیڈر پارک میں میرا ہاتھ مت چھوڑ دینا، ورنہ میں راستہ بھول جاؤں گا''۔

ان کے جانے کے بعد داد، تھوڑی دیر میں تیار ہو کر نیچے گیراج میں پہنچا تو انو اپنی ماں اور بھائی کو ساتھ لیے ڈرائیور کی سیٹ پر بیٹھی بے صبری سے اس کا انتظار کر رہی تھی۔ دادا اپنے پوتے کے ساتھ پچھلی سیٹ پر بیٹھ گیا۔ ''تھوڑی دیر اور دیکھ لیتے بہو، تو امیر بھی کام

سے لوٹ کر ہمارے ساتھ ہو لیتا''۔

''مجھے معلوم ہے پپا، امیر کو شیکسپیئر سے الرجی ہے''۔ دادا کی بہو ذرا رک کر وضاحت کرنے لگی۔''ایک دفعہ ہم کنگ لیئر کی فلم ورژن دیکھ کر آئے تو اس نے دو تین روز چھینک چھینک کر اپنی حالت غیر کر لی۔ کیوں انو ٹھیک ہے نا؟''

''مگر صرف باتوں اور خیالوں سے الرجی کیسے ہو سکتی ہے؟''

''جس بات کا علم نہ ہو''۔ انو میڈیکل سائنس کے آخری سال کی طالبہ تھی۔'' اس میں ٹانگ مت اڑایا کرو ڈاڈو۔ الرجی از دے ویری اَبیس ٹریکٹ، ویری کامپلیکس فینامینن!''

جتنی دیر میں دادا نے اپنی پوتی کی جانب فخر مندی سے دیکھا، اتنے میں ہی ان کی گاڑی باہر سڑک پر تیزی سے دوڑنے لگی۔

''ذرا آہستہ، بٹی!''

''تیز نہیں چلاؤں گی تو چالان ہو جائے گا''۔

''مگر ہمارے ہندوستان میں تو تیز چلانے پر چالان ہوتا ہے''۔

''تمھارا ہندوستان اسی لیے تو منزل پر صدی بھر لیٹ پہنچتا ہے''۔

''حفاظت سے پہنچ تو جاتا ہے''۔

''مگر کیا فائدہ پپا؟'' دادا کی بہو نے مداخلت کی۔'' ان کے پہنچنے پر منزل کوئی صدی بھر آگے پہنچ چکی ہوتی ہے''۔

''ایک بات بتاؤں؟'' دادا سے رہا نہ گیا۔تم امریکی بھی تو اتنے میں منزل سے صدی بھر آگے جا پہنچتے ہو''۔

دادا اُداس سا ہو کر سوچنے لگا، یہی تو مصیبت ہے۔ میرے پوتا پوتی کہیں اپنے آگے ہی آگے نہ معلوم کہاں پہنچے ہوتے ہیں مگر میں اپنی سست رفتاری میں اپنے پیچھے کہیں بھائیوں بہنوں کی گزرگاہوں میں رکا رہ جاتا ہوں اور ان سے باتیں کرتے کرتے وہاں سے بھی کوئی پون صدی پیچھے ننھا منا سا اپنے دادا کی گود میں جا بیٹھتا ہوں اور حالاں کہ دادا جب میرا منہ چومنے کے لیے مجھ پر سر جھکا لیتے ہیں تو مجھے ان کی سفید مونچھوں کی چبھن

سے وحشت ہونے لگتی ہے، پھر بھی ان کے بوسے کی شادماں حدت سے میں ان کی گود میں ایسے کودنے لگتا ہوں، جیسے کسی وسیع میدان میں، اور اس دوران مجھے آگا یا پیچھا یاد ہی نہیں رہتا۔ جو آپ ہی ابھی منا سا پوتا ہو، اسے کیا احساس کہ اسی دم پون صدی آگے اس کے پوتا پوتی اتنے بڑے، اتنے کارگر نکل آئے ہیں۔ یہی تو مصیبت ہے...دادا نے اپنے آپ کو بتایا... یکساں مقامیت نہ ہو تو ہمارے آگے ہی آگے ہمارے بچے نہ معلوم کہاں اوجھل ہوتے ہیں اور اس گمشدگی میں اتنے مانوس...نہیں اتنے اجنبی معلوم ہوتے ہیں کہ خون میں ہی کہیں محسوس ہوں تو ہوں...ان اجنبیوں کو کلیجے سے لگا لینے کو جی ترس جاتا ہے مگر اس گھور بڑھاپے میں کوئی انھیں پیدا کیسے کرے، ان سے انھی کے وجود میں کیسے مل پائے؟

اسی دوران گاڑی میں ٹیلی فون کی گھنٹی بجنے لگی...دادا کی بہو نے ریسیور اٹھا کر ہیلو کہا... ہاں...نہیں!...کیوں؟...ٹھیک ہے...اگر ضروری ہے تو پھر کیا کیا جا سکتا ہے؟...ٹیلی فون سے فارغ ہو کر اس نے سر دادا کی طرف موڑ لیا..."امیر آفس سے سیدھا واشنگٹن جا رہا ہے"۔

"کیوں، خیر تو ہے"۔ دادا نے گھبرا کر پوچھا۔

"سب خیر ہے، پپا۔ اس نے اپنا ایک سائنسی پروجیکٹ وہاں کاپی رائٹس بیچنے کے لیے دے رکھا ہے۔ آج آفٹر ڈنر بات چیت ہوگی اور کچھ طے ہو گیا تو امیر کل اور پرسوں وہیں رہے گا"۔

"مگر پرسوں تو میں واپس جا رہا ہوں" مگر دادا اپنے الفاظ پر شرمندہ ہو کر سوچنے لگا۔ تو کیا ہوا؟ تمھیں واپس جانے سے کس نے روکا ہے؟ تمھارا تو اس دنیا سے ہی جانے کا وقت سر پر کھڑا ہے۔ کیا تمھارا بیٹا اپنے کام روک کر ہاتھ پر ہاتھ دھرے تمھارے ساتھ بیٹھا رہے، کہ تمھاری چھٹی ہو تو اسے بھی چھٹی نصیب ہو؟...ٹیلیفون کی گھنٹی پھر بجنے لگی۔

دادا کی بہو نے پھر ریسیور اٹھا کر کان سے لگا لیا اور پھر اسے دادا کی طرف بڑھا دیا۔

"امیر تم سے بھی بات کرنا چاہتا ہے پپا"۔

"ہیلو؟...نہیں، امیر بیٹے، کوئی بات نہیں...نہیں، جانے والوں کو رُکنے پر اختیار نہیں ہوتا...نہیں، میں فلسفہ نہیں بگھار رہا۔ ایسے ہی ہوتا ہے۔ کیوں نہیں؟ اب دیکھو نا، میں بھی

پرسوں جارہا ہوں... کیا میں خود کو روک سکتا ہوں؟... تم آرام سے جاؤ بیٹے... سکھی رہو!... خوش رہو!...'' دادا کے منہ میں اور کئی دعائیں اُمڈی چلی آ رہی تھیں مگر ٹیلیفون کا سلسلہ منقطع ہو جانے پر اس نے ریسیور اپنی بہو کی طرف بڑھا دیا۔

''ڈاڈو!'' انو کی نظریں سڑک پر بدستور آگے کا راستہ چیرتی ہوئی سرپٹ بھاگی جا رہی تھیں... ''باقی کی دعائیں مجھے دے دو''۔

''ہاں، بٹی، جتنی چاہو لے لو۔ میرے پاس دعاؤں کے سوا اور ہے ہی کیا؟''

''تمھیں معلوم نہیں پپا؟'' دادا کی بہو کہنے لگی... ''امریکن قوم اسی لیے دولت مند ہے دولت سے دولت، نیک سے نیکی، بد سے بدی اور...''

''تمھاری بات سمجھ میں آ گئی ہے ممی...'' راہو نے اپنی ماں کو ٹوکا ''کیوں اسے لمبا کیے جا رہی ہو؟''

''تمھاری سمجھ میں کچھ بھی نہیں آیا''۔ دادا کو اپنے پوتے کو ٹوکنے کی خواہش نے گدگدایا۔ ''پہلے سمجھ لو۔ بات یہ ہے کہ امریکی ساری نیکی اور ساری بدی بٹور کر اپنے پیٹ میں اسٹور کر لیتے ہیں''۔ دادا کو کوئی تیکھی سوچ آتی تو ہنسے بغیر نہ رہ سکتا... ''ایک بات بتاؤں؟ امریکی کسی آئندہ ورلڈ وار سے بچاؤ کی تدبیر کرتے ہوئے دراصل اپنے ہی پیٹ کی مہابھارت سے بے حال ہو رہے ہوتے ہیں...''

دادا کی بنگالی بہو کچھ یاد آنے پر ذرا سی اچھلی ''میرے ڈیڈی کہا کرتے تھے پپا، ہندوستانیوں کے پیٹ کی آگ اتنی بھڑک چکی ہے کہ انھیں وار فٹنگ پر مقابلہ کرنا چاہیے''۔

''وہی تو ہم کر رہے ہیں بہو، مثلاً ہندوستانی والدین کا فوجی ڈسپلن دیکھو۔ محاذ پر ڈٹے رہنے کی خاطر وہ اپنے بچوں کو بھی عربوں کی اونٹ دوڑ کے لیے بیچ دینے سے دریغ نہیں کرتے... ایک بات بتاؤں...'' دادا نے اپنا لہجہ وشال کر لیا تھا تا کہ وہ انھیں بتائے کہ اس نے آج ہی اخبار میں کیا پڑھا ہے۔ ''ایک یورپی خاتون نے ایک ہندوستانی باپ کو معقول رقم دے کر اس کے بچے کی پیدائش سے پہلے ہی معاہدہ کر لیا کہ وہ اسے گود لے لے گی... بچے کے طبی معائنہ پر اس میں فیکٹر نائن کی خطرناک حد تک کمی پائی گئی... بچے کا باپ گھبرا کر یورپی خاتون کو یقین دلانے لگا کہ وہ اپنے پیسے واپس نہ لے تو آئندہ نو ماہ کے

اندر ہی وہ اسے ایک اور فرسٹ کلاس بچہ پیدا کر دے گا..." دادا کو ادھر چند سال سے یہ عادت پڑ گئی تھی کہ کوئی بات سوچ سوچ کر ہی اسے معلوم ہونے لگتا کہ وہ اسے بیان کر چکا ہے۔

"رک کیوں گئے ڈاڈو؟ وہ بات بتاؤ" مگر راہو دادا کی کمزوری سے واقف تھا، اس لیے اسے اپنی سوچ کے چکر سے نکالنے کے لیے اس نے فونی سی آواز میں کہا" ہندوستانی کیا اسی لیے اپنی آبادی بڑھنے سے نہیں روکتے کہ بچے بیچ بیچ کر پیٹ پالتے رہیں؟'

"تم تو امریکی ہو بیٹا، جانتے ہی ہو، پیدا تو اسے ہی کیا جاتا ہے جو بک سکے۔ بیٹا یا باپ"۔

"یو آر ویری، ویری ناٹی، ڈاڈو!" انو نے دادا کے جواب پر قہقہہ لگایا" جانتے ہو، آج کل میں اپنے پپا کے ساتھ کس پروجیکٹ پر کام کر رہی ہوں؟...ہم چاہتے ہیں ہیومن سپرمز اور اوا کو سالہا سال تک محفوظ کیا جا سکے، تاکہ بچے بہ ضرورت پیدا کیے جا سکیں، خواہ اسی وقت، خواہ ان کے ماں باپ کی موت کے سو سال بعد..."

"سو سال بعد؟"

"ہاں، اور کیا؟"

"تو پھر ان کے ماں باپ کون ہوں گے؟...وہ خود آپ ہی؟"

"ناؤ بی ریشنل، ڈاڈو!...جو بھی انھیں خرید لے"۔

"اور اگر کوئی خریدار نہ ہو؟"

"تو اس وقت انھیں پیدا کرنے کی ضرورت ہی کیا ہے؟"

"ارے!" گاڑی کے باہر نظر دوڑا کر راہو نے پیچھے سے اپنی بہن کا کندھا جھٹکا "ہم لیڈر پارک سے آگے نکل آئے ہیں"۔

"او مائی گاڈ!" انو نے جھٹکے سے گاڑی روک لی۔" ڈاڈو کی باتوں پر کان دھر کر کس کے حواس بجا رہ سکتے ہیں؟" وہ گاڑی پیچھے موڑنے لگی۔

"نہیں، انو بیٹا!" دادا نے اسے جواب دیا۔" تم امریکی اپنے پورے ہوش وحواس میں منزل سے آگے نکل آتے ہو۔ پتہ نہیں کہاں جانے کے لیے"۔

''تمھیں کہاں جانا ہے ڈاڈو؟''

''مجھے؟'' دادا کی سمجھ میں نہ آیا کہ انو کو کیا جواب دے۔'' اور کہاں؟ میں تو دلّی ہی جاؤں گا بیٹا''۔

''مگر ڈاڈو، وہاں پہنچ کر بھی تم اپنے بدن سے باہر کہیں تھوڑا ہی جا پہنچو گے''۔

اپنی پوتی کی ذہانت پر جھوم کر دادا نے اس سے کہا'' ہاں، کہیں جانا تو تبھی ہوتا ہے جب بدن سے باہر آ جائیں''۔

''تو پھر جب تک اپنے بدن میں ہی ہو ڈاڈو، تمھیں کہیں بھی نہیں جانا ہے''۔ پوتی نے اپنے دادا کی دادی بن کر اسے ہدایت کی'' پپا کہا کرتے ہیں، یو ڈونٹ نو ہاؤ سٹوپڈ دس گیم آف لائف از، بٹ اِٹ اِز انٹرسٹنگ بیکاز اٹ اِز سٹوپڈ!''

(۲)

لیڈر پارک میں گاڑی پارک کر کے انو اور راہو نے خورد و نوش کا سامان اٹھایا اور اپنی ماں اور دادا کو اشارہ کر کے یہ دیکھے بغیر کہ وہ پیچھے آ رہے ہیں، آناً فاناً دور ایک موڑ پر جا پہنچے۔

''ٹھہرو، انو!'' دادا کی بہو نے چلا کر کہا۔

''ڈاڈو کے ساتھ دھیرے دھیرے آ جاؤ''۔ راہو نے رُک کر جواب دیا۔

وہ دونوں ہانپتے ہوئے ان کے قریب جا پہنچے۔

''مجھے اندر میدان کا راستہ معلوم نہیں''۔ ایشا نے ذرا دم لے کر اپنے بچوں کو بتایا۔

''ہمیں بھی کہاں معلوم ہے ممی، دیکھ دیکھ کر جا ہی پہنچیں گے''۔

دادا کی بھٹکتی ہوئی نظر اچانک پہلو کی ایک خاردار جھاڑی کے عقب میں جا کر اٹکی جہاں دو نوجوان ایک دوسرے سے بغل گیر ہو کر اپنی بوسہ بازی میں مگن تھے... دادا ٹھٹک کر انھیں گھورنے لگا تو راہو کی کھلنڈری آواز اسے کھینچ کر اپنے پیچھے لے آئی۔

''بی، میز ز، ڈاڈو! اپنی راہ چلتے آؤ''۔

''وہی تو کر رہا ہوں بیٹے، وہ آپ ہی سامنے آ گئے ہیں...''

''تو آنکھیں بند کر لو''۔ دادا کی پوتی نے مشورہ دیا۔

''مگر آنکھیں بند کر کے اپنی راہ بھی کیسے چلوں؟''

وہ ذرا آگے بڑھ آئے تو انوا سے بتانے لگی ''یہ گے لوگ ہیں ڈاڈو۔ ان کا قول ہے کہ جنس کا نشانہ نسل کی افزائش نہیں ہوتا''۔

''مگر بیٹی، جنسی عقدہ کھلتا تو اسی دم ہے جب بچہ پیدا ہو جائے''۔

''او ڈاڈو! یو آر اے...'' وہ گویا بور کی متعاقب صفت ڈھونڈنے کے لیے رُک گئی۔ ''یو آر اے بگ ڈارلنگ بور! سمجھتے کیوں نہیں؟ ان لوگوں کا عقیدہ ہے کہ نسلی بڑھاوے کی للک سے جنسی رشتہ اپورا رہ جاتا ہے''۔

''دادا ٹھوکر کھا کر گرنے لگا تو راہو نے اسے فوراً سنبھال لیا۔

''ایک بات بتاؤں بیٹا؟...'' دادا کو حسبِ عادت پھر صرف سوچ کر ہی لگ رہا تھا کہ وہ بول رہا ہے۔ ''اگر یہ سب ہوتا تو میرا باپ مجھ سے اور میں تمھارے باپ سے اور تم اپنے باپ سے محروم رہ جاتیں، یعنی کوئی ہوتا ہی نہیں، یا ہوتا تو پتہ نہیں عدم کے ویرانوں میں کہاں اپنی تلاش میں بھٹک رہا ہوتا...''

''ہیومن رائٹس، پپا!'' دادا کی بہو نے اپنے سسر کو سمجھانا چاہا۔

''جو بھی جیسا چاہے کرے، سٹیٹ یا سوسائٹی کو کیوں تکلیف ہوتی ہے؟... ارے! دیکھو، ہم آ گئے!''

دونوں طرف اونچی اونچی باڑھ میں گھری ہوئی پگڈنڈیوں سے برآمد ہو کر انھوں نے اپنے آپ کو ایک طویل و عریض سرسبز میدان کے کنارے کھڑے پایا۔ جہاں ایک وسیع چبوترہ نما اسٹیج کے گرد و پیش بہت سے لوگ چھوٹے موٹے گروہوں میں بٹ کر بیٹھے تھے... نہیں، کئی لیٹے ہوئے بھی تھے... ڈرامہ شروع ہو چکا تھا مگر ابھی تک پہلے ایکٹ کے پہلے سین سے آگے نہیں بڑھا تھا۔ ڈیسڈیمونا کا باپ برابینشیو اسٹیج سے رہائی دے رہا تھا:

او ہیومن! او ٹریژن آف بلڈ!

فادرز فرام ہینس ٹرسٹ ناٹ یور ڈاٹرز مائینڈز بائی واٹ یو سی دیم ایکٹ۔

''نان سنس!'' انو نے برابینشیو کی دہائی سن کر اپنے ردِعمل کا اظہار کیا ''کیا یہ بڈھا پاگل ہو گیا ہے ڈاڈو؟'' اور اس کے جواب کا انتظار کیے بغیر ڈائرکٹ کرنے لگی۔ ''آؤ،

بیٹھنے کے لیے پہلے کوئی جگہ ڈھونڈ تے ہیں''۔

میدان میں اتر تے ہی چند قدم پر انھیں ایک چھوٹا سا ٹیلہ مل گیا جہاں بیٹھ کر ابھی انھوں نے ٹانگیں بھی نہ پساری تھیں کہ راہو نے تجویز کیا'' پہلے کچھ کھا پی لیا جائے''۔

'' مگر بیٹا، ڈرامہ...''

'' وہ بھی ساتھ ساتھ چل ہی رہا ہے''۔اس نے امریکی سرعت سے، پہلے گھاس پر ایک فولڈنگ اسٹینڈ نصب کیا اور پھر بیگ سے خوردونوش کی اشیاء نکال کر انھیں اسٹینڈ پر سجادیا۔'' ہاتھ بڑھاؤ، ڈاڈو''۔اس نے سب سے پہلے اپنا ہاتھ بڑھایا ور بیف سینڈوچ ریزہ ریزہ اپنے حلق سے اتار کر پیٹ میں محفوظ کرنے لگا۔'' آپ کے وجیٹیرین سینڈوچ وہ رکھے ہیں ڈاڈو''۔اور پھر وہ اسٹیج پر سرسری سی نگاہ دوڑا کر اوتھیلو کے بارے میں سوچنے لگا۔'' ڈاڈو، سبھی گوروں میں وہ اکیلا کالا کون ہے؟ کوئی امریکی نیگرو؟... میں انو دیدی کو سمجھا تا رہتا ہوں، ان کالے ناگوں سے ہمیشہ بچ کے رہو''۔

'' شٹ اپ!'' انو نے اپنے بھائی کو ڈانٹا۔'' ناگ سفید رنگ کے بھی ہوتے ہیں''۔

'' سفید رنگ کے؟ کیا تم نے کبھی سفید رنگ کا ناگ دیکھا ہے، ڈاڈو؟ سفید رنگ کے ناگ کتنے خوبصورت ہوتے ہوں گے، انو دیدی!''

'' مگر دونوں کے زہر کا رنگ ایک سا ہوتا ہے''۔ ایشا نے اپنی رائے دی۔'' مجھے تو بھورے رنگ کے ناگ اچھے لگتے ہیں''۔

'' کیا ان میں زہر نہیں ہوتا، ممی؟'' انو نے اپنی ماں سے استفسار کیا۔'' جو سانپ بے زہر ہوتے ہیں، زہر والے سانپ انھیں کیڑے مکوڑے سمجھتے ہیں''۔

'' یہ تم نے ٹھیک کہا ہے دیدی۔ اس سانپ کی شان ہی کیا جس میں زہر نہ ہو۔ ہے نا؟''

'' میں تو سبھی مردوں کو زہریلے ناگ ہی مانتی ہوں''۔ انو استعارے سے راست بیانی پر اتر آئی۔'' جو ازل سے عورتوں کو ڈستے چلے آرہے ہیں''۔

'' ہماری دیدی یہاں فیمینسٹ کلب کی لیڈر ہے ڈاڈو''۔

'' بھئی، پہلے مجھے اپنی دال اور ڈال کے چکر سے نکالو''۔ دادا نے راہو سے پوچھا

''انو کو تم دیدی کہتے ہو اور مجھے ڈاڈو؟''

''کیوں کہ تم ڈاڈو ہو ڈاڈو، اور دیدی، دیدی''۔

''ہاں، واقعی، یہ تو میں بھول ہی گیا تھا۔ ایک بات بتاؤں؟ اسکول میں میرے ساتھی مجھے ڈڈو کہا کرتے تھے''۔ دادا کے لہجے میں بڑی نرمی آ گئی۔ ''مجھے اچانک لگا ہے جیسے مجھے کسی بڑے پکے پرانے یار نے اتنے سال پیچھے سے آواز دی ہے''۔

''مگر میں تو تمھارے سامنے بیٹھا ہوں ڈاڈو''۔ راہو نے اپنا سینڈوچ اسٹینڈ پر رکھ کر دادا کا ہاتھ اپنے دونوں ہاتھوں میں لے لیا۔ ''ڈاڈو، پھر کب آؤ گے؟''

''تمھاری شادی پر''۔

''شادی پر کیوں؟ شادی تو میری ہو گی''۔

''ہاں ٹھیک کہتے ہو۔ پھر تم ہی چلے آنا''۔

''نو، ڈاڈو۔ میرا اسکول کا فائنل ایئر ہے۔ اس کے بعد کسی یونیورسٹی میں داخلے کے لیے دوڑ دھوپ کرنا ہے۔ اس کے بعد...''

دادا نے اپنا منہ اسٹیج کی طرف پھیر لیا جہاں ڈیسڈیمونا ڈیوک آف وینس کو مخاطب کر کے کہہ رہی تھی۔

مائی ہارٹ از سبڈیوڈ
ایون ٹو۔ داویری کوالٹی آف مائی لارڈ
آئی سا اوتھیلوز ویج ان مائی مائینڈ

''یہ لڑکی کون ہے؟''

''اوتھیلو کی بیوی''۔ دادا انھیں بتانے لگا۔ ''اوتھیلو اس سے از حد محبت کرتا ہے مگر تھوڑی دیر میں تم دیکھو گے کہ ایک ولین اس کے کانوں میں زہر اگل کر کس طرح اسے اپنی نیک اور پاک بیوی سے بدظن کر دے گا''۔

''نیک اور پاک!'' انو نے اپنا تمسخرانہ قہقہہ روکنا ضروری قرار نہ دیا۔

''ہنس کیوں رہی ہو، انو دیدی، ڈاڈو نے تو صرف کہانی سنائی ہے''۔

''نہیں، انو نے ٹھیک ہی سوچا ہے۔ مردوں کو اتنا ہی شوق ہے تو خود کو آپ ہی نیک

اور پاک بن کر ساری عمر گھونگھٹ میں کیوں نہیں گزار دیتے؟''

''اری دیدی، وہ دیکھو میڈم بیلی''۔

وہ سب راہو کی انگلی کی سیدھ میں دیکھنے لگے۔ وہاں اسٹیج کے قریب ایک ادھیڑ عمر عورت اپنے ایک ہاتھ سے شراب کے گلاس اور دوسرے سے ایک نوجوان کو دبوچے گھاس پر نیم دراز تھی۔

دادا کی بہو نے اسے بتایا کہ بیلی ایک بہت بڑے انڈسٹریل کامپلیکس کی واحد مالک ہے۔ ''ایک بار ایک بزنس ڈنر پر امیر کے ساتھ ہمارے گھر بھی آئی تھی''۔

''وہ لڑکا کیا اس کا بیٹا ہے؟''

دادا کی بہو ہنس پڑی ''نہیں رکھیلا ہے۔ خوشحال عورتیں یہاں شوہروں پر تنخواہ دار مرد پراسٹی چیونٹوں کو ترجیح دیتی ہیں''۔

''ابھی تک پیپسی کیوں نہیں نکالا راہو؟''

راہو پیپسی کین نکال کر باہر رکھنے لگا۔ ''مگر ڈاڈو، تمھارے لیے میں پپا کی خاص وہسکی بھی اٹھا لایا ہوں۔ یہ دیکھو!'' دادا کو بوتل دکھا کر اس نے ایک گلاس بھی نکال لیا اور اس میں وہسکی انڈیلنے لگا۔

دادا نے اپنے خشک ہونٹوں پر زبان پھیری۔ ''سوڈا بھی لائے ہو؟''

''ہاں اور کیا؟ یہ دیکھو!'' راہو وہسکی میں سوڈا ملانے لگا۔

''ارے بھئی، ہم بھی صرف پیپسی کیوں پئیں؟'' دادا کی بہو بولی۔

''مگر میں ایک ہی گلاس لایا ہوں''۔

''تو کیا ہوا؟ وہسکی کو پیپسی کین میں ہی ڈال دو''۔

''میرے میں بھی''۔ انو نے تقاضا کیا۔

''تو پھر میں اکیلا ہی کیوں رہ جاؤں؟''

''نہیں، راہو، بالکل نہیں!'' راہو کی ممی نے ہدایت کی۔ ''اٹھارہ سال کا ہونے میں تمھارے ابھی پورے ڈھائی ماہ باقی ہیں''۔

''نہیں، تم کچھ بھی کہو، آج تو لے کے ہی رہوں گا''۔

''ٹھیک ہے، پھر تھوڑی سی''۔

راہو نے آگے بڑھ کر اپنی ماں کا منہ چوم لیا۔''میری وہ گرل فرینڈ ہے نا... سنی، اس نے مجھ سے کہا تھا، تم بہت خوش قسمت ہو راہو، میری ممی تو نری جیلر ہیں مگر تمھاری تمھیں سب کچھ کرنے دیتی ہے''۔

''کیا سب کچھ؟'' دادا کی بہو نے گھبرا کر اسے پرے دھکیل دیا۔

''سب کچھ، یعنی سب ہی کچھ''۔ وہ سبھوں کے پیپسی کے ڈبے کھول کھول کر ان میں وہسکی ملانے لگا۔

دادا نے اپنا وہسکی کا گلاس اٹھا کر اسٹیج کی طرف نگاہ اٹھائی جہاں کیسیو نشے میں اپنے ساتھیوں کو یقین دلا رہا تھا کہ وہ نشے میں نہیں۔

دِس از مائی رائٹ ہینڈ، اینڈ دِس از مائی لیفٹ ہینڈ

دادا کا ابھی ستر واں سال بھی پورا نہ ہوا تھا مگر اس کے حواس بعض اوقات اچانک سلب ہونے لگتے تھے اور اسے سامنے کی بھی بجھائی نہ دیتی تھی، مثلاً اس وقت وہسکی کا ایک ہی گھونٹ اندر اترنے پر وہ اپنے ذہن پر زور ڈال ڈال کر سوچ رہا تھا کہ اپنا گلاس وہ دائیں ہاتھ میں لیے ہوئے ہے یا بائیں میں۔ اس نے جھلا کر ایک ہی ڈیک میں گلاس خالی کر دیا۔''او!''

''آہستہ پیو، ڈاڈو''۔ انو نے اس کی طرف سرک کر اپنا بازو پیار سے اس کے کندھے پر ٹکا لیا۔''ٹھیک تو ہو؟''

''ہاں، بالکل ٹھیک ہوں، بیٹا''۔ شاید کیسیو کی لائن اس کے ذہن میں بدستور گونج رہی تھی۔''یہ دیکھو، یہ میرا دایاں ہاتھ ہے اور یہ بایاں''۔ اور پھر وہ خود پر یہ واضح ہو جانے پر مسرت سے چمک اٹھا کہ وہ اپنا گلاس دائیں ہاتھ میں لیے ہوئے ہے۔

انو نے وہسکی کی بوتل راہو سے لے لی۔''بس!''

''بس کیوں؟''

''اچھا، ڈاڈو، تھوڑی سی لے لو''۔

''تھوڑی سی کیوں؟''

واٹ ڈُ ڈُ ڈا ایور ہمیل بَٹ بائی ڈِگریز۔

آئی آ گو کے الفاظ کانوں میں پڑنے پر دادا سوچنے لگا کہ ہم تو بتدریج اور زیادہ بیمار ہوتے جا رہے ہیں اور اب مرض کے کلائمکس پر ہماری موت کے سوا کوئی چارہ نہیں۔

''ڈاڈو!'' انوا سے بلا رہی تھی۔ ''میری سمجھ تو جواب دے رہی ہے''۔

''تم نے کوئی سوال ہی نہیں پوچھا تو جواب کیا دے گی؟''

''نہیں، ڈاڈو، میں پوچھ رہی ہوں، اگر تم دائیں ہاتھ میں گلاس پکڑے ہوئے ہو تو اس سے یہ کیسے ثابت ہو جاتا ہے تم ٹھیک ہو؟''

دادا اپنی پوتی کے مستعد ذہن پر جی ہی جی میں خوش ہو کر اِدھر اُدھر دیکھنے لگا اور پھر بولا ''لوگ ایکٹروں کو کتنی بے دھیانی سے سُن رہے ہیں''۔

اس کی پوتی نے اسے جواب دیا ''امریکی صرف اپنے اصل کام کی طرف دھیان دیتے ہیں''۔

''وہ اصل کام ہے کیا؟''

''ارے!'' ایکا ایکی راہو نے اسٹیج کی طرف انگلی اٹھا کر اُن تینوں کو مخاطب کیا ''اُدھر دیکھو!''

انھوں نے کیا دیکھا کہ ایکٹروں نے تماشائیوں کا کھیل زیادہ دلچسپ پا کر اپنا کھیل روک دیا ہے اور اسٹیج کے کنارے آ جمع ہوئے ہیں اور بڑی منہمک توجہ سے میڈم بیلی کے تنخواہ دار رکھیلے کو اپنی مالکن کے پورے وجود پر ہانپ ہانپ کر گرتے اٹھتے، گرتے اٹھتے دیکھے جا رہے ہیں۔

اسی دوران بجلی میں شاید کوئی خرابی واقع ہو جانے پر بتیاں اچانک گل ہو گئیں اور دادا کی آنکھوں میں شیکسپیئر کے ڈرامے کا آخری سین گھوم گیا جس میں اوتھیلو دیوانہ وار بولے جا رہا ہے:

پٹ آؤٹ دا لائٹ اینڈ دین پٹ آؤٹ دا لائٹ۔

◆◆◆

مہابھارت

پہلا ادھیائے

دروپدی نے مہابھارت کے پاٹھ سے فارغ ہو کر اپنے دونوں ہاتھ ماتھے پر باندھ لیے اور بڑی خلوص دِلی سے دعا مانگنے لگی۔

''اے بھگوان، ایسی لاج رکھنا جیسی ماتا دروپدی کی رکھی تھی—!''

''تمھارا تو دھندا ہی جسم بیچنے کا ہے، پھر لاج کیسی؟'' اس نے مجھے جواب دیا۔

''اگر آبرو بنی رہے تو جسم بیچنے سے کیا ہوتا ہے؟ میری تو یہی دعا ہے کہ پردے پردے میں میرا دھندا چلتا رہے اور آبرو سے روٹی ملتی رہے—!''

دوسرا ادھیائے

شب گناہ کے بعد جب دروپدی کی پُرنم آنکھ کھلتی تو یوں لگتا جیسے رات کے پچھلے پہر تک یہ عورت ہنس ہنس کر، تھک تھک کر سو گئی تھی اور خواب میں لگاتار روتی رہی تھی اور رو رو کر اس کی ساری تھکن دُور ہو گئی تھی۔

''دروپدی''۔

''ہاں''۔

''کیا تمھیں رو کر آرام ملتا ہے؟''

''ہاں! جب میں روتی ہوں تو میرا بابل میرے سرہانے آ کھڑا ہوتا ہے، میرا کھانڈرا بھائی بھی دیواروں سے نکل کر میرے سر پر ہاتھ رکھ دیتا ہے اور یہ راحت آ گئیں

یادیں روئی کے گالوں کی طرح میرے گرم گرم آنسوؤں سے بھر جاتی ہیں اور میرے دل کے زخم دھونے لگتی ہیں''۔

''پھر تم اپنے آپ سے چھپ کر کیوں روتی ہو؟''

''اس لیے کہ مجھے کہیں اپنے خریداروں پر باپ بھائی کا گمان نہ ہونے لگے''۔

تیسرا ادھیائے

''دروپدی''

''کہو''۔

''میری ایک بات مانوگی''؟

''کہو''۔

''یہ دھندا چھوڑ دو''۔

''کیوں—؟''

''جب کسی کی میلی نظر تمھارے گورے گورے رُوپ پر پڑتی ہے تو میں آپے سے باہر ہو جاتا ہوں''۔

''روپ گورا لگتا ہی اس وقت ہے جب نظر میلی میلی ہو۔ بھگوان کرشن نے کہا ہے کہ...''

اور اسے یاد آیا کہ وہ تو مہابھارت پڑھنے بیٹھی تھی، اور اپنی بات ادھوری چھوڑ کر اس نے میری طرف سے منہ موڑ لیا۔

چوتھا ادھیائے

مہابھارت دروپدی کی من بھاتی دھارمک پُستک تھی۔

''زندگی ایک یُدھ ہے''۔ وہ مجھے سمجھا رہی تھی۔ ''اگلے وقتوں میں لوگ تلواروں سے لڑا کرتے تھے مگر آج کل دشمن کے خون سے تلواریں نہیں رنگی جاتیں، مسکانیں رنگی جاتی ہیں—ہاں، آج کوئی بیری سامنے آ کھڑا ہو تو اسے بس ایک مسکراہٹ سے ہی چت کر لیا

جاتا ہے"۔

مسکرا مسکرا کر اس نے مجھے پچھاڑ دیا۔

"اور اس کا کارن یہ ہے کہ آج کل سب ایک دوسرے کے بیری ہیں۔ سبھی لوگ بیری ہوں تو آدمی یا تو بم گرا کر ساری دنیا کو ایک دم ختم کر دے، یا ہنستے ہنستے ایک ایک کو"۔

اس کے لہجے میں یک بیک رزمیہ عزم سے تناؤ آ گیا" جب تک سارے سنسار کا نشان نہیں مٹ جائے گا، ہم اسی طرح اپنے بھائیوں اور دوستوں کو پھسلا پھسلا کر ان کا ناش کرتے رہیں گے— نہیں!" وہ اپنے آپ کو درست کرنے کے لیے ذرا رک گئی "ہمارے کوئی بھائی اور دوست نہیں— بھگوان کرشن نے ارجن کو اُپدیش دیا تھا کہ تیرا کوئی بھائی نہیں، کوئی چچا نہیں، کوئی مِتر نہیں، تیرا کوئی نہیں، کوئی کسی کا نہیں،— کوئی کسی کا نہیں—"

لیکن اس کے خیال کا بہاؤ اچانک ایک نشیب کی طرف مڑ گیا اور اس کی آواز تیز رو ہو گئی۔

"بھگوان کرشن مہان ہیں، وہ میرے سوامی ہیں۔ ایک بار وہ سوئے پڑے تھے کہ ارجن اور دریودھن یُدھ میں ان کے سہیوگ کے لیے آئے۔ ارجن پائینتی بیٹھ گیا اور دریودھن سرہانے۔ جب بھگوان کی آنکھ کھلی تو ارجن سے کہنے لگے، پہلے میں نے تمھیں دیکھا ہے، بتاؤ میری ساری سینا لینا چاہتے ہو یا صرف مجھے؟ دریودھن گھبرا گیا کہ کہیں ارجن سینا نہ مانگ لے، لیکن ارجن نے بلا جھجک کہا، بھگوان صرف آپ کو!"

شردھا سے دروپدی کی آواز گویا گنگا میں غوطے کھا کھا کر اپنے گناہ دھو رہی تھی۔

"مہابھارت کے اس ادھیائے پر پہنچ کر میرا من بھی ہمیشہ ارجن کے ساتھ ساتھ بول اٹھتا ہے، بھگوان، صرف آپ کو! مجھے پوری سینا نہیں چاہیے، آپ مجھے صرف اپنا آپ دے دیجیے!"

میں سوچنے لگا کہ دروپدی بھی دریودھن کی طرح بھگوان کے سرہانے آ بیٹھی ہوگی، اسی لیے اس کے مقدر میں مردوں کی ساری فوج لکھی گئی۔ اگر اسے ایک بھگوان مل جاتا تو وہ بھی کسی سہاگن کی طرح جیون کا رن جیت لیتی۔

آج شام کو اپنے دھندے پر نکلنے کی بجائے وہ بھگوان کرشن کی آرتی اُتارتی رہی۔

پانچواں ادھیائے

دوسرے دن صبح کو بھی دروپدی بھگوان کرشن کی آرتی اُتار رہی تھی۔ اس کا ڈھلا ہوا گول، سفید چہرہ چاندی کے بے داغ تھال کی طرح چمک رہا تھا اور آنکھیں گھی سے بھرے ہوئے دو چراغوں کی طرح جل رہی تھیں۔

کئی دن سے میں دروپدی سے متعلق بہت سوچنے لگا تھا۔

''شاید— شاید—!'' میں اپنا سر جھٹک دیتا۔ ''نہیں، یہ بھلا کیسے ہو سکتا ہے؟ مجھے اس سے محبت نہیں۔ محبت تو کچھ اور ہی ہوتی ہوگی''۔

''آج صبح کام پر جانے کی بجائے میں نے اپنا منہ اس کے گھر کی جانب موڑ لیا اور راستے میں اپنے آپ کو سمجھاتا رہا۔ ''یہ محبت نہیں، میرے دل و دماغ کی ایک بے چین عادت ہے اور میں—''

وہ آرتی اتارتے ہوئے بھگوان کو پکار پکار کر، گا گا کر بلا رہی تھی۔

''تم سوامی، میں مورکھ!''

میں ایک طرف بیٹھ گیا اور محسوس کرنے لگا کہ میں ہی اس کا سوامی ہوں۔ اس کا بھگوان ہوں جسے نیکی کے رسمی تصور نے پتھر کی ایک بھلی سی مورت میں ڈھال رکھا ہے۔

''تم سوامی، میں مورکھ!''

یہ آواز؟— گویا پاپ مَن میں منہ چھپا کر اپنا گلا گھونٹ لینا چاہتا ہو!

''دروپدی!'' (کیا پتھر کی مورت بول سکتی ہے؟)

وہ میری طرف متوجہ نہ ہوئی، گویا کھوج کھوج کر اسے اب اپنی کھوئی ہوئی شے کی پہچان بھی نہ رہی ہو۔

تم سوامی، میں مورکھ!

آرتی ختم کر کے وہ میری طرف دیکھنے لگی۔

''آج کام پر نہیں گئے—؟''

''نہیں — میں — ایک بات کہوں دروپدی؟ — میں تم سے پریم کرتا ہوں''۔

''کیا اسی لیے کام پر نہیں گئے؟''

''دروپ —''

''نہیں تم مجھ سے پریم نہیں کرتے، اپنی اِچھا سے پریم کرتے ہو''۔

''دروپدی، آؤ شادی کر لیں''۔

''بڑے بھولے ہو۔ شادی بھی ہم کسی منشیہ سے نہیں کرتے، کریں تو اپنی اِچھاؤں سے ہی کرتے ہیں''۔

''دروپدی —''

''پریم اور بیاہ کی باتیں صرف کنواریوں کا جی بہلانے کے لیے کی جاتی ہیں۔ رنڈی پر ایسی باتوں کا کیا اثر ہوگا — ؟ تم بھلے آدمی ہو، میرے پاس چلے آتے ہو، یہی کافی ہے — جاؤ، اب تم کام پر جاؤ''۔

میں اس کی طرف ٹکر ٹکر دیکھتا رہا۔

''جاؤ معاملہ اتنا گمبھیر نہیں۔ مزے سے کام پر جاؤ اور لوٹو تو سیدھے یہیں چلے آنا، آج میں تمھاری دُلہن کے سارے کرتویہ نبھاؤں گی''۔

چھٹا ادھیائے

آج کی رات!

ساری رات میرے ذہن میں ان گنت بتیوں کی روشنی جگمگاتی رہی اور فضا باجوں کے سُروں کو اپنے سینے پر اُچھال اُچھال کر بے حال ہوگئی۔

پھر میں نے اپنی دُلہن کا گھونگھٹ اٹھایا، میرا نصیب کھول گیا، باچھیں کِھل گئیں!

یہ دروپدی تھی، سرتاپا دُلہن، میری ایک رات کی دلہن!

''دروپدی، تم مجھ سے شادی کیوں نہیں کر لیتیں؟''

دروپدی مسکرانے لگی۔

''تمھاری دلہن ہی تو ہوں''۔

''نہیں، میں بڑے سچے من سے کہہ رہا ہوں''۔

''تم جھوٹ بولتے ہو تو مجھے بہت بھلے معلوم ہوتے ہو، مگر شاید تم جھوٹ بھی نہیں بول رہے، ہمارا جیون نام ہی پَل پَل کی آشاؤں کا ہے''۔اس نے اپنی رنگ برنگی چوڑیوں والا ہاتھ میرے کندھے پر ٹکا لیا۔

''یقین کرو دروپدی، میں تمھیں ساری زندگی کے لیے اپنی دُلہن بنانا چاہتا ہوں''۔

''دُلہن، ایک ہی رات کی دُلہن ہوتی ہے میرے دولہے، تمھیں بچوں کی ماں سے دلچسپی ہے یا دُلہن سے؟—''

ساتواں ادھیائے

''ایسی لاج رکھنا اے بھگوان، جیسی ماتا دروپدی کی رکھی تھی—''!

''دروپدی، ماتا دروپدی کے پانچ خاوند تھے؟''

''ہاں—پانچوں پانڈو ماتا دروپدی کے پتی تھے''۔

''عجیب قصہ ہے؟''

''ہاں، جب راج ماتا کنتی جی کو یدھشٹر جی نے بتایا کہ وہ ایک بڑی انوکھی چیز لائے ہیں تو راج ماتا نے کہا، بیٹا! اس شے کو پانچوں بھائی آپس میں بانٹ لو۔آگیا کاری پُتر اپنی ماں کی آگیا کیسے ٹال دیتے؟ انھوں نے درپدی میّا کو آپس میں بانٹ لیا اور دروپدی ماتا چُپ چاپ ان میں بٹ گئی''۔

''اور یہ اس کی لاج کا کیا قصہ ہے؟''

''ایک دفعہ پانڈوؤں سے بھول ہوگئی اور کرشن بھگوان نے دروپدی میّا کی رَکشا کی''۔

''کس طرح—؟''

''اسے ننگا ہونے سے بچائے رکھا''۔

آٹھواں ادھیائے

لیکن اس دروپدی کو برہنگی سے بچانے کے لیے کوئی کرشن آسمان سے نہ اُترا۔ ایک بار کئی دن بعد جب میں اس کے گھر میں داخل ہوا تو وہ بڑی زرد، مایوس اور پریشان نظر آرہی تھی۔

''کیا بات ہے؟''

''میں — کل یہاں سارا محلہ ٹوٹ پڑا۔ پولس بھی آئی''۔

''ہوا کیا؟''

''وہی جو ہونا تھا۔ میں نے کئی بار تمھارے بارے میں سوچا مگر تم شریف لوگ جان بوجھ کر رنڈیوں کو اپنے ٹھکانوں کا پتہ نہیں لگنے دیتے''۔ اس کے ہونٹ کانپ رہے تھے۔

''آخر ہوا کیا؟''

''محلے والوں کو پتہ چل گیا ہے کہ پیشہ کرتی ہوں۔ یہ نہیں سمجھتے کہ غریب، بے سہارا عورت بے کار کیسے رہ سکتی ہے؟ بے چاری پیشہ نہ کرے تو اپنے بچے کو بڑا کیسے کرے گی؟''

''بچے کو — ؟''

''ہاں، بچے کو! میں اپنے بچے کی ماں ہوں۔ وہ مسوری میں پڑھتا ہے، وہیں رہتا ہے۔ میں اپنا پیٹ تو کاٹ سکتی ہوں لیکن اس کا کیا کروں؟ پیشہ نہ کروں تو — ''

تمھارا بچہ بھی ہے؟''

''ہاں، اور تمھارا بھی!''

''میرا؟!'' میں گھبرا گیا۔ ''میرا سمبندھ تو تم سے صرف دو سال سے ہے؟''

''تمھارا نہیں تو کسی اور کا ہوگا! نہ جانے کس کا ہے؟ لیکن میرا تو ہے ہی۔ مجھے اپنی رُسوائی کی تو پروا نہیں — (ایسی لاج رکھنا جیسی ماتا دروپدی کی رکھی تھی!) لیکن میرے جگنو کا کیا بنے گا — ''؟

ساری دنیا گویا کوروؤں کی طرح اس کا چیر اتارتی رہی اور وہ سر جھکائے کروکشیتر کو لال لال دھرتی پر اپنے جگنو کا خون سونگھتی رہی۔

''میں نہیں چاہتی کہ میرا بیٹا بھی مجھے ننگا دیکھ لے۔ میرا بیٹا — ''

اس کی غمناک خاموشی جیسے اپنی ساری نسل سے مخاطب ہو۔

''میں ننگی نہیں ہوں''۔ لیکن وہ تھی تو ننگی ہی''!

ایک تھامنا جگنو بجھ کر بھی اپنی ماں کی برہنگی کو کیسے ڈھانپ لیتا؟ لاچاروں کی آبرو کا مذاق اُڑانے کے لیے تو سنسار میں مصنوعی روشنیوں کے انبار لگے ہوئے ہیں۔

دروپدی مایوس کھڑی رہی، بالکل ناامید کہ اس کے لاتعداد شوہروں میں سے ایک بھی آگے بڑھ کر اپنی ذمہ داری سنبھال لے گا۔ اپنے بھگوان سے بھی مایوس، کہ اس کا روپ بھی مرد کا سا تھا!

پراچین بھارت کی دروپدی میّا کے صرف پانچ خاوند تھے۔ لیکن یہ پانچوں پانڈو نیک، بہادر اور سیدھے سادے تھے اور دروپدی میّا کا بھگوان بھی اس کے ساتھ تھا، ایسی حالت میں استری کے لیے اپنی آبرو سنبھالنا مشکل ہی کیا ہے؟

دروپدی نے اپنا جُھکا سر میری طرف اٹھایا اور شکست خوردہ آواز میں گویا ہوئی۔

''میں اکیلی اپنی آبرو کی یہ مہابھارت کیسے جیت سکتی ہوں؟''

◆◆◆

تمنا کا دوسرا قدم

کستوری لعل براہمن کو یکلخت یاد آیا ہے کہ یہ وقت تو لندن کے بھارتیہ چینل پر رامائن شروع ہونے کا ہے۔ اس نے لیٹے لیٹے سرعت سے ہاتھ پیچھے کر کے بستر کی بالائی پشت سے ٹی۔ وی کا ریموٹ کنٹرول اٹھایا ہے۔ مگر کنٹرول کا بٹن دبنے پر اسکرین پر بی۔ بی۔ سی آ گیا ہے۔ اس نے بٹن دوبارہ دبایا ہے، مگر تصویر نہیں بدلی ہے۔ ٹی۔ وی مکینک نے اسے چند ہی روز پیشتر سمجھایا تھا کہ وہ ہر چینل سیٹ کرنے کے بعد یادداشت کا بٹن ضرور دبایا کرے، مگر وہ ہمیشہ بھول جاتا ہے کہ یادداشت کا بٹن کون سا ہے۔ یہ تو ٹیلی ویژن کا بٹن ہے، اسے تو خود اپنی یادداشت کے بٹن کا بھی علم نہیں۔ اس کی بیوی کو مرے کئی سال ہو گئے ہیں۔ لیکن اب بھی اپنی قمیص کا کوئی بٹن ٹوٹا ہوا پا کر وہ اسے بے اختیار پکارتے ہوئے کمرے سے اس طرح باہر نکل آتا ہے، گویا اس کی لیلاوتی کچن میں جوں کی توں بیسن کے سامنے کھڑی جوٹھے برتن دھو رہی ہوگی... ''ارے بھئی، یہ دیکھو... میرا بٹن ٹوٹ گیا ہے''۔

''تمھارے دشمنوں کا بٹن ٹوٹے...'' لیلاوتی اپنے شوہر کی ہر چھوٹی بڑی مصیبت اس کے دشمنوں کے کھاتے میں ڈال دیتی تھی... ''لاؤ، میں ابھی نیا بٹن لگائے دیتی ہوں''۔

مگر اب تو لیلاوتی کی بجائے کچن میں مسز ؤڈ برتن دھو رہی ہوتی ہے۔ وہ ہنس کر اسے جواب دیتی ہے... ''کئی بار کہہ چکی ہوں، مجھ سے ہندوستانی میں مت بولا کرو''۔

''کیا بولوں، مسز ؤڈ؟ میری انگریزی بھی تو تمھاری سمجھ میں آسانی سے نہیں آتی''۔

''کچھ نہ کچھ تو آ جاتی ہے''۔

تین چار سال پہلے کستوری لعل براہمن کی اکلوتی اولاد، امرت لعل براہمن اپنی میم

اور اس کے گزشتہ شوہر کے دو بچوں کے ساتھ اپنے الگ فلیٹ میں منتقل ہو گیا تھا۔ بیٹے کی رائے پر ہی براہمن نے اپنے تھری بیڈروم فلیٹ کا ایک روم... یہ تیسرا ماسٹر بیڈروم براہمن نے اپنی روز افزوں ضرورتوں کو پورا کرنے کے لیے بعد میں بنوایا تھا... مسز وُڈ کے پاس اٹھا دیا تھا اور ادھیڑ عمر مسز وُڈ اور بوڑھا براہمن چند ہی ماہ میں اتنے گھل مل گئے تھے کہ مسز وُڈ کو وہ اپنے مرحوم شوہر کے مانند لاچار سا معلوم لگا اور ممتا کی ماری نے اس کے کھانے پینے کے انتظام کی ذمہ داری رضا کارانہ اپنے سر لے لی، اور براہمن بھی اس سے کرایہ وصول کرنا ایسے بھول گیا کہ کبھی یاد بھی آجاتا تو وہ اپنے آپ سے پوچھنے لگتا... مسز وُڈ سے کرایہ مانگوں؟... اپنی مسز ووڈ سے...؟

''مسز وڈ، تمھارا کھانا صاف ستھرا تو بہت ہوتا ہے''۔ براہمن اس سے مذاقاً کہا کرتا۔ ''مگر بڑا پھیکا ہوتا ہے''۔

''میرا جیکل بھی چٹخارے کا مارا ہوا تھا''۔ وہ اپنے شوہر کو اسی نام سے یاد کرتی تھی۔ ''اسی لیے ہمارا کچن اسی نے سنبھال رکھا تھا۔ تمھیں تو میرے کام سے لوٹنے تک ٹیبل پر چائے تیار رکھنا بھی کھلتا ہے''۔

''دراصل ہماری عورتیں ہمیں بگاڑ دیتی ہیں مسز وڈ''۔

مگر براہمن کی سورگیہ پتنی اس کے کچن میں ہاتھ بٹانے پر اصرار کرتی تو وہ اسے دوٹوک جواب دیتا، گھر کا کام صرف تمھارا کام ہے، یا پھر میرے بینک کا کام تم سنبھال لو اور تمھاری بیوی بن کر کچن میں لیے لیتا ہوں... پر اب تو وہ کام وام سے ریٹائر ہو کر گھر میں پڑا رہتا ہے۔ دفتر تو مسز وڈ جاتی ہے... وہ ہنس دیتا ہے... مسز وڈ تمھاری بیوی تھوڑا ہی ہے... وہ تو... وہ تو... وہ اپنی سوچ پر خجل سا ہو اٹھتا ہے... اپنی مسز وڈ سے کرایہ مانگوں...؟

ٹی۔ وی میں بی بی سی چینل بدستور چل رہا ہے اور اسکرین پر چند ایک انگریزوں کی تصویریں برٹش وے آف لائف پر اتنی منہمک سرگرمی سے بحث کیے جا رہی ہیں جیسے اپنی باتیں اوروں کو سنانے کے بجائے انھیں خود آپ ہی سننا ہوں۔

براہمن نے ساری عمر لندن میں بتا دی ہے، مگر اسے ہمیشہ یہی معلوم ہوتا رہا ہے کہ انگریز اسے کوئی سچ مچ کا آدمی نہیں سمجھتے... بس کوئی ہے جو آدمی جیسا دِکھتا۔ وہ بھی یہی سمجھتا

رہا ہے کہ انگریز اپنا ہو بہو آپ ہونے کی بجائے محض اپنی تصویریں ہیں...نہیں مسز وڈ کی بات کچھ اور ہے۔ اس کے جھریاتے چہرے میں تو ہمارے گاؤں کے میٹھے بیر لٹک رہے ہوتے ہیں۔

کستوری لعل براہمن کا گاؤں سبھوں کے منہ پر بیر والا گاؤں کے نام سے ہی چڑھا ہوا تھا۔ گاؤں کے بوڑھوں کی بددعائیں بھی یوں ہی تھیں، تیری بیری سوکھ جائے، اور دعائیں بھی یوں ہی... تیری بیری ہری بھری رہے۔ ہر گھر کے کچے آنگن میں بیری کی شاخیں مٹی کی دیوار سے اوپر اٹھ اٹھ کر پڑوسی کے گھر میں جھک آئی ہوتیں اور بچے بالے گھروں کے اندر ہی اندر شاخوں سے کود کر ایک دوسرے کے پاس جا پہنچتے، اور کبھی باہری دروازوں سے نکل پڑتے تو ان کی مائیں فکرمند ہو ہو کر ان کے انتظار میں آدھی ہونے لگتیں... ہائے، تالاب اتنا چڑھا ہوا ہے، مر گئے، کہیں وہیں نہ جا پہنچے ہوں!

کستوری کی ماں نے تو اسے گاؤں کے تالاب میں ڈوبنے سے بچا بچا کر اونچا کیا تھا۔ اسے کیا خبر تھی کہ اونچا ہو کر وہ سمندر میں جا ڈوبے گا؟ اپنے کسی دوست کے ساتھ کام کی تلاش میں ایک بار جو وہ گھر سے باہر نکلا تو باہر ہی باہر دھرتی کے کنارے تک آ پہنچا اور یہاں بمبئی میں بھی کام نہ ملا تو بلا جھجک سمندر میں اتر گیا۔ لندن سے اس کے گاؤں کے ہی ایک پرانے دوست رحمت اللہ نے اسے یقین دلایا تھا کہ ایک بار ہمت کر کے یہاں پہنچ جاؤ اور باقی سب کچھ مجھ پر چھوڑ دو۔ سو، جو ہو سو ہو، کہہ کر کستوری لعل براہمن بڑے اتھلے پن سے گہرے پانیوں میں جا ڈوبا اور کنارے پر آ لگنے کے بعد حواس ذرا بحال ہوتے ہی جب اسے پیروں کے نیچے خشکی کی پختہ سطحوں کا احساس ہونے لگا تو اس نے فیصلہ کر لیا کہ اپنی نئی نویلی دلہن لیلاوتی اور بیٹے امرتی... امرت لعل اس کی روانگی کے بعد پیدا ہوا تھا اور اس نے ابھی تک اس کا منہ بھی نہ دیکھا تھا... اور بوڑھے ماں باپ کو اپنے پاس وہیں بلا لے۔ لیلاوتی اور امرتی تو اس کے پاس آ گئے مگر اس کے ماں باپ کے لیے تو لندن ایک سنی سنائی جنت کا نام تھا، چنانچہ وہ اپنے بیٹے کو ڈھیروں دعائیں بھیج کر اپنی موت کے انتظار میں وہیں گھر کی سوکھی بیری تلے پڑے رہے اور ماننے والی بات تو نہیں، تاہم جب اپنی بہو اور پوتے کی روانگی کے چند ہی ماہ میں انھوں نے یکے بعد دیگرے دم توڑ دیا تو کستوری لعل

براہمن کو اپنے لندن کے ایک کمرے کے کرایے کے فلیٹ میں نہ صرف ان کی پرچھائیاں دکھائی دینے لگیں، بلکہ بعض اوقات ان کے کھانسنے کی آوازیں بھی سنائی دیتیں۔

کستوری لعل براہمن اپنے بستر پر سر جھکائے بیٹھا ہے اور ٹی۔ وی۔ اسکرپٹ پر ایک انگریز طیش میں آکر اپنے ساتھیوں سے پوچھ رہا ہے، آپ کس برٹش وے آف لائف کی بات کر رہے ہیں؟ جس نے ہماری سڑکوں پر افریقیوں اور ایشیائیوں کی بھیڑ سے گھبرا کر عقبی گھروں میں جا پناہ لی ہے...؟

براہمن کی عادت ہو چکی ہے کہ غصہ آنے پر بس ایک ذرا سا ہنس دے۔ عجیب قوم ہے! چالیس پینتالیس سال پہلے جب میں یہاں آیا تھا تو اس وقت بھی ان لوگوں نے یہی راگ الاپ رکھا تھا...ارے بھئی! تمھارا برٹش وے آف لائف ہم سے خواہ مخواہ بدکتا ہے۔ مزے سے پھلتا پھولتا رہے، ہمارا اس سے کیا جھگڑا؟ ہم تو روٹی کی تلاش میں بھٹک بھٹک کر تمھارے راستوں میں آ پہنچے ہیں۔ ہمارے ملک میں ہمارے باپ دادا تمھاری روٹی توڑتے تھے اور یہاں اب تمھارے ملک میں ہم...وہ پھر پھیکے پھیکے ہنس دیا ہے...تم سمجھتے کیوں نہیں؟ ہم تو پیٹ بھر کر اپنی بھدی سی انگریزی میں تمھارا شکریہ ادا کرنے کے لیے منہ کھولتے ہیں، اور نہ معلوم کیا اول فول بک جاتے ہیں جو تمھیں اپنے وے آف لائف کے تعلق سے خطرہ لاحق ہونے لگتا ہے۔

اسی موضوع پر اکثر مسز وڈ کو اپنی قوم کی امن وآشتی کی خو کا یقین دلاتے ہوئے وہ اپنا کھانا بھی بھول جاتا ہے۔ مسز وڈ کو اس پر ترس آنے لگتا ہے۔ ''کھاتے ہوئے بولا مت کرو کستوری، صرف کھایا کرو''۔

''منہ صرف کھانے پینے کے لیے نہیں بلایا جاتا چوبی''۔ وہ ایک دوسرے کو آج کل پہلے نام سے ہی بلایا کرتے ہیں۔ ''آدمی کے بولنے کی بھوک بھی پوری ہونا چاہیے، نہیں تو وہ سوکھ کر کانٹا ہو جاتا ہے''۔

کستوری لعل براہمن کو بی۔ کام۔ کے آخری سال میں اپنی یونیورسٹی کے ایک آر ینوریکل کانٹسٹ میں سب سے اچھا بولنے پر گولڈ میڈل ملا تھا، جس کا ذکر اس نے ہندوستان میں اپنی نوکری کی ہر درخواست میں خاص طور پر کیا تھا، مگر نوکری چپ چاپ کوئی

اور چرا لے جاتا۔ بھلا ہو رحمت اللہ کا، جس کی بدولت وہ انگلینڈ میں پاؤں جمانے میں کامیاب ہو پایا۔ رحمت اللہ اسے ہر انٹرویو پر تنبیہ کر کے بھیجتا کہ بڑی بڑی باتیں مت بنانا، بس اتنا اور ایسے ہی بولنا جتنا اور جیسے ضروری ہو۔ اس مانند دوسرے تیسرے انٹرویو میں ہی اسے اپنے بینک میں جونیئر اسسٹنٹ کیشیئر کی حیثیت سے منتخب کر لیا گیا جہاں وہ کیشیئر بن کر باعزت ریٹائر ہوا اور اب نہ صرف بینک کی بلکہ سیکورٹی پنشن پر بھی ٹھاٹ سے اپنے ذاتی فلیٹ میں رہ رہا ہے۔

''مگر کیا خاک ٹھاٹ سے...؟''

جس دن وہ اپنے بینک سے ریٹائر ہوا، اسی دن اس کی لیلاوتی کو سینے میں جو درد اٹھا تو ہزار جتن کے باوجود قابو میں نہ آیا اور بالآخر پتہ چلا کہ لیلاوتی کو پھیپھڑوں کا کینسر ہے اور چوں کہ مرض اپنے آخری مرحلے پر آن پہنچا ہے اس لیے دعاؤں کے سوا اب کوئی اور کارگر علاج ممکن نہیں۔

''کیا تمھاری بیوی نے پچھلے دو ایک سال میں کبھی درد کی شکایت نہیں کی؟'' ڈاکٹر متعجب تھا کہ مرض تو شروع سے ہی شروع ہو کر دھیرے دھیرے آخری اسٹیج تک پہنچا ہوگا۔

''ہماری چھوٹی موٹی تکلیف پر بھی اس کی جان نکل جاتی ہے، مگر...''

برٹش ڈاکٹر نے براہمن کو ٹوک دیا'' ہر کسی کی جان اس کی اپنی تکلیف پر ہی نکلتی ہے مسٹر... آئی ایم ساری!... ڈونٹ میک اے پائس کنفیوژن...''

واقعہ یہی ہے کہ لیلاوتی کے مرض کی تشخیص سے پہلے کا تمام عرصہ براہمن نے پارسائی گومگو میں ہی بتایا۔ کبھی کبھی لیلاوتی کے چہرے پر مسکراہٹوں کے دردناک دباؤ کے باعث وہ اندیشوں میں تو گھر جاتا تھا، تاہم سر جھٹک کر وہ اپنے شک کو وہم پر محمول کرنے لگتا اور اس کے سامنے بینک کا کوئی نیا قصہ چھیڑ دیتا۔

آخری دنوں میں براہمن بیوی کو اسپتال سے گھر لے آیا۔ لیلاوتی کو اب چوبیس گھنٹے سیڈے نویز پر رکھا جا رہا تھا اور پھر بھی وہ درد کی تاب نہ لا پاتی تو پیتھیڈین کا انجکشن دے کر اسے سلا دیا جاتا۔ اس دوران ان کے فلیٹ میں براہمن کی ماں کا سایہ منڈلاتا رہا۔ لیلاوتی انجکشن لگوا کر سوئی پڑی ہوتی یا اگر جاگ رہی ہوتی تو اس پر سخت غنودگی طاری ہوتی

اور وہ اپنی آنکھوں کو آنسوؤں سے لبالب بھر کے اس کی پائنتی بیٹھا ہوتا اور اس کی ماں کے سائے میں اس کا سچ مچ کا ہاتھ برآمد ہو کر اس کی پیٹھ سہلا رہا ہوتا اور اس کے کانوں میں ماں کی آواز بھر رہی ہوتی۔ "حوصلہ رکھو بیٹے... سب ٹھیک ہو جائے گا"۔

سب ٹھیک ہو گیا اور اس کی لیلاوتی جس کے منہ سے ہنسوڑ صدائیں گری پڑتی تھیں، خواب ہی خواب میں درد سے بلبلاتے ہوئے چل بسی... اس کا بیٹا...؟ پہلے اس کی کہانی تو سن لیجیے... جب اس کی ارتھی کو لے جانے کے لیے وین میں رکھا گیا تو وین کی اگلی سیٹ پر افریقی ڈرائیور کے ساتھ اس کا ایک پاکستانی شریک کار بیٹھ گیا اور وہ پیچھے ارتھی کے پہلو میں اور وین دھچکے سے اسٹارٹ ہو کر ہوا سے نہ جانے کیا باتیں کرنے لگی اور اڑوس پڑوس میں بھی کسی کو کانوں کان خبر نہ ہوئی کہ کوئی مر گیا ہے... یا پھر: بیوی کو کینسر تھا اور بوڑھے سے اتنا بھی نہ ہوا کہ علاج کے لیے رپورٹ کر دے... چ... چ... چ... نہیں، یہ لوگ اسی طرح ہوتے ہیں... ہاں، دِکھتے ضرور ہماری طرح ہیں پر ہماری طرح نہیں ہوتے... تمھیں کیا لینا دینا ہے... آؤ...!

بی۔ بی۔ سی چینل کی بحث میں بھی ایک اسپیکر اپنے ساتھیوں کو یہی بتا رہا ہے کہ ان کالے پیلے لوگوں کو انہی کی کالی پیلی قدروں کی روشنی میں سمجھنے کی کوشش کرنا چاہیے۔

"مگر انسان کی بنیادی قدروں میں تو کوئی بھید بھاؤ نہیں ہوتا"۔ براہمن نے بولنے والے کے لہجے سے محسوس کیا کہ وہ کوئی غیر ملکی یورپی ہے۔

"ہوتا ہے۔ کسی انتھروپالوجی کے اسٹوڈنٹ سے پوچھ کر تسلی کر لیجیے"۔

"میں آپ کی یونیورسٹی میں اینتھروپالوجی ہی پڑھاتا ہوں"۔

براہمن نے بور ہو کر سوچا ہے، بھارتیہ چینل پر جب بی۔ بی۔ سی آ گیا ہے تو شاید بی۔ بی۔ سی پہ بھارتیہ چینل کی رامائن آ رہی ہو، لیکن بی۔ بی۔ سی پر بی۔ بی۔ سی ہی آ رہا ہے اور وہاں بھی وہی لوگ اپنی بحث جاری رکھے ہوئے ہیں۔ ان کی گوری چٹی شکلوں پر آنکھیں جمائے براہمن کو خیال آیا ہے کہ لیلاوتی کہا کرتی تھی... یہ تم نے مجھے کہاں ان فرنگیوں میں لا بٹھایا ہے... سبھی ایک جیسے لگتے ہیں... کسی ایک سے ملتے ہوئے لگتا ہے کسی دوسرے سے مل رہے ہیں... براہمن کو اپنی بیوی کی باتیں بھی اس کے پکوان کی طرح بڑی مزیدار لگتی

تھیں..."جانتے ہو فرنگی اتنے گورے، اتنے گورے کیوں لگتے ہیں؟"

"کیوں؟"

"کیوں کہ وہ صرف سوچتے ہیں۔ محسوس بھی کریں تو ہماری طرح پک پک کر بھورے ہو جائیں، ان کی الگ الگ شکلیں نکل آئیں۔ پچھلے ہفتے ہماری پڑوسن کی لڑکی اپنے اسکول کے ایک لڑکے کے ساتھ بھاگ گئی۔ میری شامت جو آئی تو اس سے ہمدردی کرنے جا پہنچی۔ اس نے مجھے اپنے دروازے پر ہی روک دیا اور پوچھنے لگی، کس سے ملنا ہے؟...ایسے بے مہر لوگوں کی کوئی پہچان کیسے بنے؟"

کیا فائدہ؟... براہمن نے ٹھنڈا سانس بھرا ہے۔ جو اتنی گاڑھی پہچان بنا لیتے ہیں وہ بھی کہاں رہ جاتے ہیں؟

جونیئر اسسٹنٹ کیشیئر اپنے بینک میں کرنسی نوٹ گن گن کر شام کو بہت لیٹ گھر پہنچتا اور چوں کہ اوور ٹائم کے ہر گھنٹے کا ڈبل معاوضہ ملتا تھا، لہٰذا وہ لیٹ چھٹی ملنے کا برا نہیں مانتا تھا، مگر گھر پہنچتے پہنچتے وہ بہت تھک جاتا تھا اور رات کو جب اس کی بیوی اپنی دُھن میں اسے دن بھر کے گھریلو قصے سنا رہی ہوتی تو اچانک اسے خرانٹے بھرتے ہوئے پا کر اپنا سر پکڑ کر رہ جاتی، تاہم اسے بخوبی احساس ہوتا کہ اس کا مرد سوتے میں بھی اسے بڑے دھیان سے سن رہا ہوتا ہے۔ کئی دفعہ وہ اسے غصے میں جھنک کر جگا بھی دیتی، مگر وہ اس کی تسلی کی خاطر اس کی ساری کہانی جوں کی توں سنا دیتا، اور وہ اسے ہنس کر متنبہ کرتی، ٹھیک ہے، ابھی تو تھکے ماندے گھر لوٹتے ہو، پر ریٹائرمنٹ کے بعد سارا دن اور ساری رات تمھیں اپنے سامنے بٹھا کر اپنی باتیں سنایا کروں گی۔

کستوری لعل براہمن کو لیلاوتی اپنے باتونی پن کے باعث بھی بہت محبوب تھی۔ اس نے اپنے ریٹائرمنٹ کے سارے دنوں کو برٹش پونڈوں کے نوٹوں کی طرح گن گن کر، انھیں ماہ و سال کی گتھیوں میں باندھ باندھ کر بڑے قرینے سے اپنے دل و دماغ میں محفوظ کر رکھا تھا، مگر ایک وہ ہی نہ رہی تو عمر بھر کی جوڑی ہوئی یہ پونجی وہ کیسے خرچ کرتا؟ کس کے لیے؟۔

اس کا بیٹا، امرت لیل بریمن... بریمن کو بچپن میں سب پیار سے امرتی کہہ کر بلایا

کرتے تھے... امرتی کی طرح کی گول مٹول، رس بھرا، میٹھے اور مکھن میں لت پت، جو بھی اسے دیکھتا، بے اختیار منہ کی طرف بڑھائے چلا جاتا۔ وہ ماں کی گود میں لیٹے لیٹے ہی باپ کے پاس لندن آ پہنچا تھا۔ اس قدر خوب رو اولاد کو بازوؤں میں لپیٹ کر براہمن نہال ہو گیا تھا، مگر جھٹ ہی یہ سوچ کر بے حد اداس بھی کہ اس نے اپنے بوڑھے ماں باپ کے منہ سے امرتی کو چھین لیا ہے اور وہ اب خالی منہ ہلا ہلا کر اس کی باتوں سے ہی پیٹ بھر کر سو جاتے ہوں گے۔

امرتی صرف دیکھنے میں انگریز بچہ معلوم نہ ہوتا، وہ پنگھوڑے میں ہی بڑی صاف انگریزی میں رونے اور ہنسنے لگا تھا۔ جب چار سال کی عمر میں اس کا پری اسکول شروع ہوا تو کلاس میں انگریز بچے بھی اس کے پیچھے ٹوئینکل ٹوئینکل لٹل اسٹار دہراتے ہوئے گویا اس سے انگریزی بولنا سیکھ رہے ہوتے۔ اسے دیکھ کر ماں کو تو چومنے چاٹنے کے سوا کچھ سوجھتا ہی نہ تھا اور خزانچی باپ کا حال یہ تھا کہ اس نے بیٹے کو آنکھوں میں بھر بھر کے گویا پورے ایک سو ہزار پونڈ کے نوٹوں کی گتھیاں دل میں سجا کر نکالیں اور دل کو مقفل کر لیا۔

مگر پل پل کی خوشیوں کی چوکیداری ساری عمر تو نہیں کی جا سکتی۔ چند ہی سال میں ہندوستانی والدین کا انگریز بیٹا امرتی یونیورسٹی میں داخل ہو کر امرٹ لیل بریمن بن گیا اور اسے اپنے والدین کے طور طریقے اُجڈ اور اجنبی معلوم ہونے لگے، مثلاً یہی کہ اس کا باپ دھن میں آ جانے پر بیروں کی تلاش میں سارا لندن چھان مارنے پر آمادہ ہو جاتا ہے... نو ڈیڈ نو! آئی کین نو لانگر اسٹینڈ یور انڈین نیس...!

کستوری لعل براہمن کی ماں اپنے سایہ سایہ کانپتے ہوئے ہاتھ سے اپنے بوڑھے بیٹے کی گچھا مچھا پیٹھ سہلا سہلا کر اس کا حوصلہ بندھا رہی ہے۔ اسی اثنا میں بی۔ بی۔ سی بحث کے شرکاء میں سے ایک بھاری بھرکم آواز کانوں میں پڑنے پر وہ اپنے ذہن سے برآمد ہو کر گرد و پیش میں لوٹ آیا ہے۔ ایک بوڑھا انگریز بول رہا ہے" ایشیائی اور افریقی امیگرینٹس کی بڑھتی ہوئی آبادی سے تم بے وجہ خوفزدہ ہو اور ان سے خواہ مخواہ لڑنے جھگڑنے پر اتر آئے ہو..."

"لیکن..."

''نہیں، سب کچھ آپ ہی آپ ٹھیک ہو جائے گا۔ ان لوگوں کے بچے تو یہیں پیدا ہوئے ہیں، ان بچوں کی پرورش بھی یہیں ہوئی ہے۔ انھیں کوئی چارہ ہی نہیں کہ ذرا قد نکالتے ہی اپنے غیر ملکی والدین سے کوئی سروکار نہ رکھیں، یا صرف اتنا ہی رکھیں، جتنا آپ اور میں...''

براہمن کے جوانی کے دنوں میں بھی بعض انگریزوں کے ایسے ہی بیان اخباروں میں چھپا کرتے تھے اور وہ ہنس ہنس کر سوچا کرتا تھا کہ یہ مسخری قوم اتنا بھی نہیں جانتی کہ ہمارے شرون کمار بڑے ہی اس لیے ہوتے ہیں کہ بوڑھے ماں باپ کو آگے پیچھے بہنگی میں اٹھائے تیرتھ یاترا پر لیے پھریں اور انھیں بیکنٹھ تک پہنچانے سے پہلے گھر نہ لوٹیں... براہمن کے ماں باپ کا گڈمڈ سایہ ایک دم اس کی آنکھوں میں پھڑ پھڑا کر غائب ہو گیا اور ان کے تئیں اپنی غفلت پر شرمندگی کے احساس کو دبا کر وہ لیلاوتی کی طرف مڑ گیا۔ ''تم نے انگریزوں سے زیادہ بے وقوف لوگ دیکھے ہیں لیلو؟''

ایم۔ بی۔ اے کی ڈگری ملتے ہی امرٹ لیل بریمن انگریزی کاروں کی ایک کمپنی میں بڑی اچھی پوسٹ حاصل کرنے میں کامیاب ہو گیا اور دو چار سال کے اندر ہی کمپنی کے اہم تر اراکین میں شمار کیا جانے لگا۔ جن دنوں اس کی ماں کی موت واقع ہوئی، کمپنی نے اسی دوران کوئی سال بھر کے لیے اسے کینیا میں ایک برانچ کھولنے اور مقامی اسٹاف کی تربیت کے لیے بھیج رکھا تھا۔ اپنے باپ سے ٹیلی فون پر ماں کی موت کی خبر سن کر اسے واقعی دُکھ ہوا تھا۔ باپ کے استفسار پر کہ کیا وہ ماں کا منہ دیکھنے کے لیے اگلی صبح تک پہنچ جائے گا، اس نے حامی تو بھر لی مگر بڑا صاحب اپنی زندگی کے اس موٹو کا کیا کرتا کہ پہلے وہی کرو جو پہلے کرنا ضروری ہو۔ پہلے تو یہی کرنا ضروری تھا کہ وہ اپنی کمپنی کے نئے کینین پروجیکٹ پر ان دنوں ہمہ وقت موجود رہے۔ اس کے علاوہ اس کا ایک ذاتی پروجیکٹ بھی اس کی روانگی میں مانع تھا۔ کینیا پہنچ کر وہ ایک مقامی انگریز ہائی لینڈر کی نوجوان بیوہ، مارگرٹ پلیچ کے عشق میں گرفتار ہو گیا تھا۔ مارگرٹ نے اپنے مرحوم شوہر کا سارا ہائی لینڈ ایک افریقی چیف کے ہاتھ فروخت کر دیا تھا۔ اس تعلق سے مارگرٹ کو دو ہی روز میں لینڈ رجسٹریشن آفس میں پیش ہونا تھا۔ اتنے اہم کام کی انجام دہی کے لیے وہ مارگرٹ کو اکیلا چھوڑ کر کیسے چل دیتا؟ سو

اس نے مارگی سے مشورہ کر کے اسی شام لندن سے فون ملایا اور بڑے بھاری لہجے میں باپ کو بتایا کہ اس کی فوری روانگی ممکن نہیں، لہٰذا لاش کو پروگرام کے مطابق اس کی غیر موجودگی میں ٹھکانے لگا دیا جائے۔ اپنی بات ختم کرنے سے پہلے اس نے اپنے باپ کو ٹوک کر اضافہ کیا، ڈیڈ، تمھیں شاید ماتمی اخراجات کے باعث دقت درپیش ہو، اس لیے میں تمھارے بینکرز کو بذریعہ ای میل، پندرہ سو پونڈ بھیج رہا ہوں۔ جیسا کہ امرت لیل بریمن اپنی ماں کو جانتا تھا، اسے ڈر تھا کہ بڑھیا کے رواں رواں میں ہندوستان دھنسا پڑا ہے۔ وہ مر کر بھی دم سادھے پڑے رہے گی کہ جانے سے پہلے ایک بار بیٹے سے مل لے... مگر... اس نے کندھے اچک کر اپنے آپ کو بتایا... میں کیا کر سکتا ہوں۔

بریمن کی ماں کی موت کو ابھی دس دن بھی نہ ہوئے ہوں گے کہ اس نے مارگی سے اپنی شادی رجسٹر کروائی اور اپنی دلہن اور اس کے دونوں بچوں کو ہائی لینڈ سے نیروبی میں اپنی رہائش گاہ میں لے آیا۔ اسے معلوم تھا کہ اس کا باپ ابھی ماتمی لہر میں غوطے کھا رہا ہوگا، چنانچہ وہ کوئی مہینہ بھر رکا رہا اور پھر اپنے ٹھہرے ٹھہرے مختصر لیٹر میں اسے اپنی نئی صورتِ حال سے مطلع کیا اور لکھا کہ چھ آٹھ ماہ میں وہ اپنی بیوی مارگرٹ اور بچوں کے ساتھ لندن پہنچ جائے گا... مارگی اور دونوں بچے، چھوٹا فرید اور بڑی شینا، اس سے مل کر بہت خوش ہوں گے اور یہ کہ وہ فلیٹ میں کم سے کم دو کمرے ان کی فوری رہائش کے لیے تیار کروا کے رکھے، کوئی مناسب فلیٹ ملنے پر وہ وہاں نقل کر جائیں گے۔

بریمن کے لندن لوٹ آنے پر براہمن کا گھر اتنا لد گیا کہ انھیں ساری فالتو اشیاء نکال کر پھینکنی پڑیں۔ براہمن کو تعجب ہونے لگا کہ وہ دیگر فالتو چیزوں کے ساتھ اسے بھی ڈسٹ بن میں کیوں نہیں اُلٹ آئے۔ اپنے بیٹے کے ساتھ اس کا محض فنکشنل ریپو تھا اور بہو تو لندن پہنچنے کے بعد بھی بدستور کینیا میں رہ رہی تھی۔ ان کے بچے؟... وہ اسے ڈسٹنٹ سر کہہ کے بلاتے تھے۔ گرین پا کیوں کر سمجھتے؟ ان کے باپ کو تو اس نے کبھی خواب میں بھی نہ دیکھا تھا۔ ایک دفعہ اس نے ہمت کر کے ان کے والدین کی موجودگی میں انھیں اپنے کمرے میں آنے کی دعوت دی، مگر بریمن بول اٹھا، نو ڈیڈ، میں نے ہدایت کر رکھی ہے کہ تمھیں ڈسٹرب نہ کیا کریں۔ براہمن اپنے بیٹے کی خیر خواہی پر شک نہیں کرنا چاہتا تھا، تاہم

وہ بخوبی جان چکا تھا کہ اس کا ایم۔ بی۔ اے بیٹا ایک سہولت کی خاطر سو جذبے بلا تامل ویسٹ پیپر باسکٹ میں ڈال دے گا۔ اپنی بیوی کے آگے پیچھے اگر وہ بھی چل بسا ہوتا تو بریمن اپنی فیملی کے لیے مزید مکانیت کی سہولت کو غنیمت سمجھ کر خدا کا شکر بجالاتا۔ بہر حال اسی سہولت کی خاطر وہ اپنی آمد کے چند ماہ بعد ہی اپنے باپ کے یہاں سے کرائے کے فلیٹ میں چلا گیا، مگر ان کے جانے کے بعد براہمن کو اب اپنا فلیٹ یکسر خالی معلوم ہونے لگا، جس میں مانو وہ اپنا آسیب سا اپنی مرحوم لیلاوتی کے ساتھ رہ رہا ہو۔

سن رہی ہو لیلو؟ یہاں ہم کیا کرنے کو رُکے پڑے ہیں؟ چلو اب کوچ کر جائیں؟

کہاں؟

اگلے جہان میں، اور کہاں؟

وہیں تو آ پہنچے ہو، نہیں تو ہمارا میل کیسے ہوتا؟

لیکن پھر یہ ہوا کہ امرت لیل بریمن نے باپ کی تنہائی کے پیشِ نظر مسز وڈ کو اس کے یہاں لا بٹھایا۔

ایکا ایکی شنکھ اور شادیانے کی آواز سن کر براہمن چونک پڑا ہے اور اس نے دیکھا ہے کہ بی۔ بی۔ سی چینل ابھی اپنی یادداشت کھو بیٹھا ہے اور اسکرین پر بھارتیہ چینل کی رامائن آرمبھ ہوگئی ہے۔ شری رام چندر اپنے چودہ سالہ بن باس سے اجودھیا لوٹ آئے ہیں۔ براہمن کِھل اٹھا ہے۔ وہ بھی اجودھیا واسیوں کی شادماں بھیڑ میں شامل ہو کر ان کے ساتھ ناچنا چاہتا ہے۔ مگر پگلے چینل کی یادداشت پھر ایک دم کھل گئی ہے اور اسکرین پر بحث کے وہی شرکاء آنمودار ہوئے ہیں۔ اس سے پہلے کہ وہ ٹپٹا کرٹی۔ وی آف کر دیتا، اسے ڈور بیل سنائی دیتی ہے... ارے! چوبی اپنے دفتر سے لوٹ بھی آئی اور میں نے ابھی تک چائے تیار نہیں کی.... اس نے لپک کر دروازہ کھولا ہے اور دروازے کے فریم ورک میں مسز وڈ کو مسکراتے ہوئے کھڑے پا کر وہ گویا اس کی تصویر کو اپنے دونوں ہاتھوں میں لیے ہوئے ہیں۔ اس نے اپنی آنکھیں جھپک کر مسز وڈ کے سراپا پر نظر دوڑائی۔ وہ وہی ڈریس پہنے ہوئے ہے جو اس نے اس کے پچھلے برتھ ڈے پر دی تھی۔

"بیوٹی فل...!"

''کون؟ میں یا تمھاری ڈریس؟''

وہ اس کا ہاتھ تھام کر اسے ڈرائنگ روم میں لے آیا اور معافی مانگنے کے لہجے میں ہندوستانی میں بڑبڑانے لگا۔'' آج پھر میں چائے بنانا بھول گیا ہوں چوبی''۔

محبت بھرے پچھتاوے کے بول لاطینی میں ہوں یا ہندوستانی میں، مسز وڈ انھیں بھانپ کر فوراً پگھل جاتی ہے۔'' یونانی بوائے... تمھیں میری کیا پرواہ ہے؟''

''نہیں''۔ وہ بوکھلایا سا نظر آرہا ہے۔'' آج میں تمھارے لیے رات کا کھانا بھی بناؤں گا''۔ کئی دن سے وہ لیلاوتی کی انگوٹھی جیب میں رکھے ہوئے ہے اور فیصلہ نہیں کر پارہا ہے کہ اسے مسز وڈ کو پہنادے یا نہیں۔ اس نے سر جھٹک کر انگوٹھی اپنی جیب سے نکالی ہے اور مسز وڈ کا ہاتھ پکڑ کر اس کی انگلی میں ڈال دی ہے اور گھبرا گیا ہے کہ اس نے کچھ غلط تو نہیں کیا۔

''ہاؤ سویٹ!'' مسز وڈ کے چہرے کی جھرّیاں تمتما اٹھی ہیں اور اس نے سرعت سے براہمن کا منہ چوم لیا ہے۔'' تم بیٹھو... میں چائے لے کر آتی ہوں''۔

مسز وڈ کمرے سے باہر جارہی ہے اور بی۔بی۔سی پر وہی بوڑھا دانشور اپنے ساتھیوں کو سمجھا رہا ہے'' نہیں! دنگا ونگا کیوں؟ ان لوگوں کے بچے تو یقیناً ان کے نہیں رہتے، پر یہ خود آپ بھی اپنے کہاں رہتے ہیں...؟''۔

◆◆◆

نہیں رحمٰن بابو

پہلے بھی لوگ جھوٹ بولا کرتے تھے رحمٰن بابو، مگر تھے بڑے ایمان پرست، اسی لیے عدالتوں نے فیصلہ کرلیا کہ ہر مقدمے سے پہلے انھیں خدا اور ایمان کی قسم کھانے کو کہا جائے... ہاں، یوں ہر مجرم مقدمہ شروع ہونے سے پہلے ہی دھر لیا جاتا۔

ہاں، اسی وقت سے عدالتیں خدا کی قسم سے ہی ہر کیس کی چھان بین شروع کرتی آرہی ہیں...

بجا کہتے ہو، بابو۔ اب تو خدا کی گواہی کا موقع پاکر مجرم اتنا کارگر جھوٹ بولتے ہیں کہ بے گناہ فوراً اپنے جرم کا اقبال کر کے عدالتی رحم کے لیے ہاتھ پھیلا دیتے ہیں۔

◆◆

میرے کلینک میں آج ایک روبوٹ آنکلا، رحمٰن بابو، چیک اپ کے بعد میں نے اسے سوالیہ نظروں سے دیکھا تو وہ بتانے لگا، میں تھکا تھکا سا رہنے لگا ہوں، ڈاکٹر۔

اور اس کی شکایت سن کر مجھے یہ فکر لاحق ہونے لگی کہ کہیں اس میں جان تو نہیں پڑ گئی۔

◆◆

دونوں پڑوسی ملکوں کے سربراہوں نے غم وغصہ سے پاگل ہوکر اپنا ہاتھ نیوکلیئر میزائل کے بٹن کی طرف بڑھا دیا۔

مگر بابو، بٹن دبانے سے عین پہلے دونوں کے ہاتھ نامعلوم کیوں کر مٹی ہوکر رہ گئے اور ان کے پیچ وتاب کے باوجود اس وقت تک مٹی کے مٹی رہے جب تک انھوں نے ٹھنڈے ہوکر ارادہ نہ بدل لیا۔

کیا مٹی میں بھی جان ہوتی ہے بابو؟

◆◆

نہیں، رحمٰن بابو، تم خواہ مخواہ تعجب کرر ہے ہو؟ میرے بھی تو ایک کی بجائے دو سر ہیں— کیسے؟— ایسے بابو، کہ اپنے ایک سر سے میں کچھ اچھا سوچتا ہوں اور ایک سے، کچھ برا— ہاں، اسی لیے کچھ اچھا ہوں اور کچھ برا— ہر ایک کے ساتھ یہی تو ہوتا ہے— نہیں، تم اس بچے کی ہیئت پر بلاوجہ تعجب کرر ہے ہو۔ اس کے بھی دو سر ہیں تو کیا ہوا؟— ہاں، بابو، راون کی طرح پورے دس سر ہوں تو ضرور تعجب کی بات ہے، مگر تو کسی راون کے ہی ہوں تو ہوں۔

◆◆

نہیں، رحمٰن بابو، میں پاگل نہیں ہوں— کیا؟— اپنے آپ سے باتیں کیوں کرتا رہتا ہوں؟ تم ہی بتاؤ رحمٰن بابو، گم شدگان تک اور کیسے پہنچا جا سکتا ہے؟

◆◆

ہم سب ہم مذہب ہیں رحمٰن بابو، مگر اس کا کیا کیا جائے کہ ہر کسی کو اپنی اپنی بساط کا ہی خدا ملتا ہے۔

◆◆

تمھاری رائے سے مجھے اتفاق ہے رحمٰن بابو۔

تم کہتے ہو، دشمن سے ہمیشہ دوستی سے پیش آؤ۔ میں نے ساری زندگی یہی کیا ہے۔ میرا خیال ہے کہ دشمن سے سدا دوستی سے ہی پیش آتے رہو تو وہ جیتے جی مر جاتا ہے... کیسے؟ ایسے بابو، کہ میں بھی اپنے قابو میں کہاں تھا۔ مجھے یقین ہو گیا تھا کہ اپنا سب سے بڑا دشمن میں خود آپ ہوں۔ پھر بھی میں اپنے آپ سے دوستی سے پیش آتا رہا۔ حتّٰی کہ میری روح میرا جسم چھوڑ کر آسمان کو پرواز کر گئی۔

نہیں بابو، اب کیا ہو سکتا ہے؟ مرے ہوئے کو بھی کوئی زندہ کر سکتا ہے؟

◆◆

کیا سمجھنا چاہتے ہو رحمٰن بابو؟ ساری عمر سمجھ بوجھ سے ہی کام لے لے کر تو کنارے

پر آ لگے ہو۔نہیں رحمٰن بابو،اب آگے کی خبر لینا چاہتے ہو تو بے خبر ہو جاؤ۔

◆◆

نہیں، رحمٰن بابو، ایلورہ کے گپھاؤں میں تو پراچین کال کی مورتیاں چلتی پھرتی نظر آتی ہیں۔

نہیں، پہلے گپھا میں ہی میں حیرت سے کھڑے کا کھڑا رہ گیا۔

اَن گنت اپسرائیں اور دیوتا باہم ناچ رہے تھے— نہیں، بابو، سچ مچ ناچ رہے تھے اور ناچ ناچ کر بے سدھ ہو رہے تھے۔

ہاں، مجھے یہی لگا کہ وہ سب لوگ زندہ ہیں اور صرف ایک میں، مورت کا مورت!

◆◆

تم بولتے بہت ہو بابو، اسی لیے میری سمجھ میں نہیں آتے۔

ہاں، یہی تو۔ذرا چپ سادھ لو تو جھٹ سمجھ میں آ جاؤ۔

◆◆

میری ایک کہانی کے دو کردار مجھ سے ملنے آئے ہوئے تھے بابو۔تھوڑی دیر بعد جب وہ اٹھ کر جانے لگے تو میں نے کہا" آؤ! تمھیں بھی اپنے ساتھ لے جاؤں"۔

"کہاں؟"

"افسانے پر ایک بحث میں حصہ لینے کے لیے"۔

"نہ بابا! ہمیں زندگی سے فرصت کہاں، جو تمھارے قصوں کہانیوں میں الجھے رہیں"۔

◆◆

میری ماں کو مرے پندرہ برس ہو لیے ہیں رحمٰن بابو،

آج میں نے اس کی تصویر دیکھی تو رنجیدہ ہو کر سوچنے لگا، تصویریں ہی اصل ہوتی ہیں جو رہ جاتی ہیں: ماں تو محض گمان تھی جو گزر گئی۔

◆◆◆

خود وفاتیہ

(بطور پس لفظ)

آپ لاکھ فرض کرلیں کہ آپ کی موت واقع ہو چکی ہے، پر مرے بغیر مرنا تو نہیں ہوتا، مگر میرا یہ ہے کہ کوئی نصف صدی سے کہانیاں لکھ لکھ کر اس دوران میں ایک اپنے سوا ساری کائنات کو جیتا رہا۔ سو یہی لگتا ہے کہ میرے ساتھ جو اور جیسے بھی بیتی وہ میرے مرے مرے ہی بیت گئی، اسی لیے اپنا وفات نگار آپ ہی بنتے ہوئے مجھے کسی لے دے کا سامنا نہیں، ایک اور بات، ایک کہانی کار ہونے کے ناطے میں اس سے غافل نہیں کہ مُردوں کو بھی کیوں کر خود آپ ہی چل پھر کر اپنی کہانیاں پوری کرنا پڑتی ہیں۔ لہٰذا پسِ مرگ بھی سانس لیے جانا اور اپنی موت جیے جانا مجھے غیر فطری معلوم نہیں ہوتا۔ میرے ملنے جلنے والے مجھے اپنے وجود میں نہ پا کر اکثر شکایت کرتے ہیں کہ کیا پتہ، میں کہاں ہوتا ہوں— ہاں، واقعی کیا پتہ، کہاں؟— اپنے کرداروں میں سے جس کے بدن میں بھی رات آجائے۔ مجھ سے ملنا مطلوب ہو تو جیسے بھی بنے اپنے گمان میں اسی کردار کی ٹوہ میں لگ جائیے، یا پھر بس دعا کیجیے کہ خدا مغفرت کرے، کیا خوب آدمی تھا!— مجھے اوائل سے ہی زندگی کسی کہانی کی طرح پیش آئی۔

بچپن میں، میں خواب میں نہ جانے کہاں جانے کے لیے بستر سے اٹھ کر چلنے لگتا تھا۔ میرے نہایت غریب اوران پڑھ ماں باپ نے بڑا جتن کر کے اپنے راج کمار کو ماتھے

ا۔ Self Obiluary یہ خود وفاتیہ میں نے ہندی ماہنامہ ''ہنس'' کی دعوت پر اردو میں لکھا۔

دو ماشے کا سونے کا چھلا پہنوا دیا کہ پنڈت دیناناتھ نے انھیں بتایا تھا، سونا بڑی شُبھ دھات ہے۔ اسے پہن کر بالا جدھر بھی جا نکلے گا، اپنے جسم سے باہر نہیں نکل پائے گا۔ بابا مجھے کانوں کی مُرکیاں بھی پہنوانا چاہتے تھے مگر جب بڑی مشقت کے بعد وہ چار پیسے جمع کرنے میں کامیاب ہو جاتے تو اچانک اپنے دمے سے نڈھال ہو کر چارپائی پر پڑ جاتے اور وہ پیسہ دوا دارو میں اٹھ جاتا۔ بہر حال ہماری بھیانک غریبی سے جو بھی ہوا، یہ بھی ہو گیا کہ میری خواب میں چلنے کی بیماری تو ایک طرف دھری رہ گئی، میری نیند ہی اُڑ گئی اور یوں میری بے خوابی کے عالم میں میرے ماں باپ بوڑھے ہوتے چلے گئے اور میں جیسے تیسے بھی پڑھ لکھ کر خوب جوان نکل آیا۔

اور پھر؟—

پھر یہ ہوا کہ ملک تقسیم ہوا اور ہمارے پیروں تلے سے وہ زمین ہی کھسک گئی جس پر ہم آباد تھے اور اس بھگدڑ میں— مجھے بخوبی یاد ہے— مجھے قتل کر دیا گیا اور میں نامعلوم کس کا وجود اوڑھ کر پرانے ہندوستان سے نئے ہندوستان کے کنارے پر آ لگا اور حالاں کہ بہ ذہن اور بہ صورت ویسے ہی غلام تھا، پنڈت نہرو کے اخباری بیان پڑھ پڑھ کر مجھے یقین ہونے لگا کہ میں ایک آزاد شہری ہوں اور اگرچہ اپنے اس ملک میں ہمارا ایک اینٹ کا بھی گھر نہیں، ہم سارے ملک کے مالک ہیں۔

انبالہ شہر کے کنجروں کے بازار کی ایک گری پڑی گلی میں آخر ہمیں ایک ٹوٹا پھوٹا گھر مل گیا جس کی ایک کوٹھری میں شاید کسی پہنچے ہوئے فقیر کی قبر تھی اور مشہور تھا کہ وہ سبز پوش سفید ریش نصف شب کے بعد اپنی قبر سے اٹھ کر مکان کی دوسری کوٹھریوں میں مرغ بولنے سے پہلے یہ دیکھنے کے لیے طواف کرتا رہتا ہے کہ کبھی مُردے آرام سے تو پڑے ہیں۔ اس مکان میں ہم ابھی پاؤں بھی نہ جما پائے تھے کہ ایک دن اچانک سمندر پار سے ایک سوداگر اپنی دختر کے ساتھ وارد ہوا اور سیدھے سیدھے یہ سودا طے پایا کہ وہ میری ڈولی برٹش افریقہ اٹھوا لے جائیں کے جہاں مجھے اپنے بی۔ اے کے تھرڈ ڈویژن کے باوجود کسی سرکاری

اسکول میں بڑی موٹی تنخواہ پر رکھ لیا جائے گا۔ انبالہ شہر میں سر پیٹا دودھ بیچتے ہوئے مجھے لگنے لگا تھا کہ مجھے اب آئندہ دو تین جنم بھی یہی کام انجام دیے جانا ہے۔ چنانچہ انگریزی راج سے آزاد ہو کر مجھے انگریزوں کی متوقع غلامی بڑی خوش آیند معلوم ہونے لگی۔ میں اسے اپنی کمینگی — نیک نیت سی کمینگی پر محمول کرتا ہوں کہ کینیا میں میں نے اپنے خوبصورت فلیٹ کے سامنے نئی بے بی فیاٹ میں بیٹھ کر اس لیے اپنا فوٹو اتروایا کہ اسے ہندوستان میں اپنے پرانے دوستوں کو بھیجوں گا اور — ارے! — وہ چونک کر اپنی آزادی کی زنجیروں کو کاٹ نہ پانے پر بلبلا اٹھیں گے۔

مگر انھی دنوں کینیا کے افریقی اپنی غلامی کی زنجیریں کاٹ نہ پانے پر بلبلا رہے تھے۔ انگریز کو قاعدے قانون کا بڑا پاس ہوتا ہے۔ اس نے اپنا یہ پاس نبھانے کی خاطر قاعدے قانون کو ہی اپنی سہولت کے مطابق وضع کر رکھا تھا۔ ایشیائی تاجرانہ خوش اخلاقی کا وہاں یہ حال تھا کہ دو پیسے سے زیادہ دے کر ایشیائی دوکاندار کو دو اور گالیاں بھی دے دیجیے تو کوئی حرج نہیں۔ ایشیائی اور یورپی اپنے باپ دادا کی وراثت کو بڑے بھرے پیٹ فخر سے سنبھالے ہوئے تھے، لیکن کالے لوگ اپنی روز افزوں بھوک اور بیماری سے بے حد نالاں تھے۔ قاعدہ قانون کو توڑنے پھوڑنے میں انھیں ذرا بھی تامل نہ تھا۔ موقع ملنے پر انھیں اس لیے بھی قتل کے ارتکاب سے گریز نہ تھا کہ اتنے پیسے تو مقتول کی جیب سے نکل ہی آئیں گے کہ آج کا کھانا پینا اطمینان سے ہو جائے۔

کینیا میں اپنے قیام کے اسی دور میں میں نے ایک بڑی اچھی کہانی '' جامبو، رفیقی '' (سلام، اے دوست) کو خواہ مخواہ یہاں وہاں ہانک ہانک کے بے دم کر دیا: ایک افریقی اندورن ملک سے ساحل کی طرف جا رہا ہے اور ایک ساحل سے اندرون۔ دونوں دوئی جنکشن پر اپنی اپنی گاڑی سے اتر کر منہ پر چھینٹے مارنے کے لیے پانی کے نل پر آ کھڑے ہوتے ہیں۔

'' جامبو، رفیقی ''۔

''جامبو''۔

''کہاں جارہے ہو؟''

''باہر''۔

''کہاں سے آئے ہو؟''

''اندر سے''

''باہر کیوں جارہے ہو؟''

''کام کی تلاش میں''۔ منہ پر پانی کا چھینٹا مار کر اس کی بھوک چمک اٹھی ہے۔ ''کیا تمھارے پاس کھانے کو بھی کچھ ہے؟''

''ہاں، یہ بریڈ لو''۔ اس نے اپنی جیب سے بریڈ کا ایک ٹکڑا نکالا ہے۔ ''پوری بریڈ تھی، پچھلے اسٹیشن پر میں نے ایک مہندی (ہندوستانی) کے اسٹال سے چرالی تھی''۔

دونوں ہنسنے لگے ہیں۔

''تم کہاں جارہے ہو؟''

''اندر''۔

''کہاں سے آئے ہو؟''

''باہر سے''۔

''اندر کیوں جارہے ہو؟''

''کام کی تلاش میں''۔

جس ملک میں غیر ملکیوں کے لیے یہاں پہنچنے سے پہلے ہی ملازمتیں محفوظ ہوتی تھیں، وہاں کے باشندوں کو چوری ڈکیتی کا کام میسر تھا، یا گھریلو نوکروں کا، جو اپنے سرونٹ کوارٹرز سے اس لیے جیل بھیج دیے جاتے کہ وہ چوروں کو پناہ دیتے ہیں۔ سچ پوچھیے تو ہندوستان میں مجھے غریبی اور بے کسی کے عذاب کا اتنا شعور نہ تھا جتنا اب افریقیوں کی حالتِ زار دیکھ کر۔ مرتے وقت تو آدمی صرف مرتا ہے، موت کے فلسفے پر غوروخوض کیوں کر کرے؟

میں بہر حال چودہ سال ایک موٹے معاوضے کے عوض اسکول ماسٹر کی خود پارسائی سے بڑی صحیح انگریزی میں کردار واخلاق کے درس دیتا رہا اور آخراڑتیس اُنتالیس کی عمر میں اپنی چیختی ہوئی آواز سے ہڑبڑا کر مگر ہڑبڑانے کے باوجود پنشن محفوظ کرکے ہندوستان لوٹ آیا اور جب تک یہاں مجھے کوئی کام نہ ملا اس وقت تک اپنے تعلق سے یہ دونوں اطلاعیں مجھے مضحکہ خیز سی معلوم ہوتی تھیں کہ اتنی بڑی عمر میں بھی میں بے کار ہوں یا پھر اتنی چھوٹی عمر میں ہی کام سے پنشن پا چکا ہوں۔

اسی دوران دلّی میں ایک انگریزی ہفتہ وار نے سینئر سب ایڈیٹر کی پوسٹ کا اشتہار دے رکھا تھا۔ میں اپنا کینیا کا ایک بہترین سوٹ پہن کر انٹرویو کے لیے گیا۔ دروازے پر بیٹھا چپراسی پہلے تو میرا رعب داب دیکھ کر ادب سے کھڑا ہو گیا، مگر جب میں نے اپنے آنے کا مدعا بیان کیا تو وہ گویا یہ سوچ کر مسکرانے لگا— اوہ! میں تو سمجھا تھا کہ مالک کو نوکر رکھنے آئے ہو! اخبار کا کھدّر پوش مالک انگریزی راج کے دنوں کا رائے بہادر تھا اور آج کل راجیہ سبھا کا ممبر۔ اس نے مجھے بتایا کہ اسے بہت صحیح آدمی کی تلاش ہے، اس لیے وہ بہت تفصیلی انٹرویو کرتا ہے اور صرف ایک امیدوار صبح کے وقت بلاتا ہے اور ایک ہی شام کو۔

اسے اپنی باتوں میں اتنا سرگرم پا کر میں اس سے پوچھے بغیر ہی کرسی پر بیٹھ گیا۔

اس نے اچانک مجھ سے سوال کیا کہ میں اپنی کینیا کی اتنی اچھی نوکری چھوڑ کے کیوں چلا آیا ہوں۔

میں نے اسے بڑی بامحاورہ انگریزی میں جواب دینے کے لیے اپنا منہ کھولا لیکن اپنی آواز میں ڈھونگ سا محسوس کر کے رُک گیا۔

''ہاں، ہاں، کہیے''۔ مگر وہ آپ ہی بولتا چلا گیا۔ ''شاید اپنے دیش کی سیوا کرنا چاہتے ہیں—''

میں جی ہی جی میں ہنسنے لگا۔ نہیں، واقعی ہنس پڑا۔

''آپ ہنس کیوں رہے ہیں؟''

میں رائے بہادر کو کیا بتاتا کہ میں اپنے کلاس روم میں طلبہ کو ایک نہایت بے ضرر اور بھلا سا مضمون لکھنے کو کہہ رہا ہوں— اف آئی وردا پرائم منسٹر آف انڈیا۔

رائے بہادر شاید چڑ گیا تھا۔ "دیکھیے، اگر آپ کو یہاں رکھ لیا گیا تو آپ کی کہانیاں میرے کسی کام کی نہ ہوں گی۔ میں یہاں کئی سنستھاؤں کا چیئرمین ہوں۔ دھیان سے سنیے— نمبر ایک، آپ کو میری مدد کے بغیر میری مرضی کے بھاشن لکھنا ہوں گے۔ نمبر دو، آپ ایک طرح سے میرے کلچرل سکریٹری ہوں گے اور اس فیلڈ میں میری ساری ذمہ داریاں آپ کے سپرد ہوں گی۔ نمبر تین، اپنے ویکلی کا چیف ایڈیٹر تو میں ہی ہوں مگر سارا کام آپ کو ہی سنبھالنا ہوگا، میں صرف پالیسی ہی ٹھہراؤں گا—"

"نمبر چار" میں نے اپنے آپ کو بتایا" مجھے یہاں کام نہیں کرنا ہے"۔

تو پھر آپ یہاں آئے کیوں؟— رائے بہادر کے رویے سے ظاہر ہو رہا تھا کہ وہ مجھ سے پوچھنا چاہ رہا ہے— اپنا یہ قیمتی سوٹ دکھانے؟ میرا خیال ہے آپ ہمارے ملک سے واپس اپنے کینیا چلے جائیے۔

۔پے در پے کئی مایوسیوں کا سامنا ہونے پر میں واقعی سنجیدگی سے سوچنے لگا تھا کہ کینیا لوٹ جاؤں، مگر اب کینیا میں انگریزی راج کہاں رہا تھا کہ اپنے سالوں کی خوشامد کر کے پھر سے نوکری وو کری کا ٹھیکہ کر والوں؟

اہلِ تاریخ نے بے جا طور پر محمد تغلق کو پاگل قرار دے رکھا ہے کہ اس نے دلّی سے اورنگ آباد جا بسنے کی ٹھان لی۔ پاگل تو میرے جیسے لوگ ہوتے ہیں جو کہیں پہنچنے کے لیے روانہ نہیں ہوتے بلکہ جہاں بھی جا پہنچیں، اپنے آپ کو یقین دلانے لگتے ہیں کہ انھیں یہیں آنا تھا۔ دلّی سے اورنگ آباد پہنچنے پر میں نے فوراً باور کر لیا کہ میں دراصل اسی اجنبی مقام پر ٹھکانا کرنے کے لیے نیروبی چھوڑ آیا تھا۔ یہ مقام مجھے کچھ اس مانند مانوس سی اجنبیت کا حامل معلوم ہوا جیسے اسے میں نے اپنے ہی دل سے کھود کر جیتے جاگتے برآمد کر لیا ہو۔ لوگ کہتے ہیں، پتہ نہیں مر کھپ کر ہم کہاں چلے جاتے ہیں اور کہاں؟— انہی مقامات پر لوٹ

آتے ہیں جہاں زندگی سے ہمارے محبوب واسطوں کا اسباب ہوا۔ مجھے محسوس ہوتا ہے کہ میں جہاں بھی ہوں یہیں اورنگ آباد کی مٹی میں دبا پڑا ہوں۔ اس شہر میں اتنی قبریں ہیں کہ مجھے یقین ہے قیامت کے دن دوعالم میں سب سے زیادہ یہیں رونق ہوگی۔

گزشتہ کئی دہائیوں سے اورنگ آباد شہر کو اتنا کھودا جارہا ہے، مانو آدمی یہاں کہیں اپنی کوئی نہایت قیمتی شے گنوا کر اسے ڈھونڈنے کے درپے ہوگیا ہو۔ میری آمد پر مقامی لوگ مجھے ہدایت کیا کرتے تھے کہ دیسرے چلو، ہمارے پاؤں کے نیچے ہمارا ماضی آباد ہے۔ ان کے باپ دادا نے تو کھود کھود کے، کان لگا لگا کے، جھانک جھانک کے اجنتا اور ایلورہ کے پہاڑوں میں اپنے گم شدہ ماضی کے کئی سانس بھرتے ہوئے یُگ کھوج نکالے تھے۔ ایلورہ کی گپھاؤں میں پہلی بار داخل ہوکر میں گویا اپنا آپ ہونے کے بجائے اپنے پراچین دیوی دیوتاؤں کا ایک مبہم سا خیال تھا۔ مجھے یہی لگا کہ انھوں نے مجھے ذرا سا سوچا ہے، اور قابلِ توجہ نہ پاکر پھر اپنے کام میں مگن ہوگئے ہیں۔

اس نہایت پرانے شہر میں ہر گھر کے نیچے ایک گھر ہے۔ جب میں اپنا گھر بنوا رہا تھا تو ایک دوست کہنے لگا، یقین نہ ہو تو کھود کر اپنی آنکھوں سے دیکھ لو، میں نے باہری دروازے کے قریب ذرا کھدائی کروائی تو ایک سوراخ سے واقعی ایک نیچے ایک بہت بڑا حوض دکھائی دینے لگا۔ اس شہر کے بعض نہایت شریف بزرگوں کو دیکھ کر ذہن میں یہی آتا تھا کہ یہ مورتیاں زمین دوز بستی سے ہی اوپر آبسی ہیں، مثلاً انسان کی صدیوں پرانی نیکیوں کے یہ پیکر، ہمارے بھیا مولوی یعقوب عثمانی مرحوم، یا گووند بھائی شراف — یعقوب عثمانی بھیا، اللہ کے واسطے سے سکھوں کی مدد کرتے تھے اور بھائی شراف اس لیے کہ خدا تو کچھ کرنے سے رہا، آدمی نے بھی آدمی کے لیے کچھ نہ کیا تو اس کا کیا بنے گا؟ ان دونوں مہاپرشوں کے قریب رہ کر میں نے دیکھا کہ سچا سیکولرسٹ کیوں کر سینٹ سا ہوتا ہے اور سچا سینٹ، سیکولرسٹ سا۔

میرا خیال ہے کہ ہماری زندگی کے سنورنے بگڑنے کے اسباب میں کوئی منطق تو

کارفرما ہوتی ہی ہے، تاہم ان اسباب میں سے کوئی اہم تر سبب بہ اتفاق رونما ہو جاتا ہے، مثلاً یہی دیکھیے، شراف بھائی نے اپنے کالج کے شعبۂ انگریزی کے ہیڈ اور پروفیسر کے جاب پر ان مخصوص ہنگامی حالات میں اس لیے میرا انتخاب کیا کہ اس وقت مجھے جونیئر لیکچرار کی پوسٹ بھی نہیں مل پا رہی تھی، جب عثمانیہ یونیورسٹی کے شعبۂ انگریزی کے ہیڈ مجھے سمجھا رہے تھے کہ میرے بی۔اے کے تھرڈ کلاس کے باعث وہ مجھے اپنے یہاں کی پوسٹ کے لیے انٹرویو لیٹر نہیں بھیج سکتے۔ اس وقت شراف بھائی اپنی گاندھی ٹوپی اور بے استری دھوتی کُرتے میں سمٹے ہماری باتیں سن رہے تھے اور میرے گھر لوٹنے سے پہلے ہی وہاں پہنچ کر میری بیوی کو سمجھا رہے تھے کہ آپ سب اورنگ آباد چلے آیئے اور میری بیوی انھیں سمجھا رہی تھی کہ ہم جا بجا بھٹک کر عاجز آ چکے ہیں اور ہمیں اب حیدرآباد سے کہیں نہیں جانا ہے۔

جب ہم اورنگ آباد آئے تو میری ماں، جو نیروبی سے بیمار چلی آ رہی تھی، اس وقت تک اپنے ذہن سے خارج ہو چکی تھی۔ نیروبی میں اس کا فیمر بون کا آپریشن ہوا تھا لیکن آپریشن کے بعد فیمر بون کا شدید درد اپنی اصلی جگہ سے اس کے ذہن میں منتقل ہو چکا تھا، جس میں وہ خود آپ محسوس نہ ہوتی تھی۔ نیم شب کی طلسمی خاموشی میں کھنڈر کے کواڑ اچانک کھٹ کھٹ ہلنے لگتے اور کسی روح کے چیخنے چلانے کی آوازیں سنائی دینے لگتیں۔ پہلے کہیں دور سے، پھر آس پاس سے اور پھر یہیں سے!— یہ کون ہے؟— کون ہے؟— ماں!— چپ ہو جاؤ ماں— ماں!— چپ ہو جاؤ— چپ!— سو جاؤ اور ہمیں بھی سونے دو۔— سو جاؤ— اور آخر ماں نے چپ چاپ آنکھیں موند لیں— ہاں، واقعی!— اور ہم— میں اور میری بیوی شکر ادا کرنے لگے کہ ماں کو چین نصیب ہو گیا ہے— کہ— کہ ہمیں چین نصیب ہو گیا ہے اور ہم دونوں بڑے سکھ کے احساس سے رونے لگے اور ہمارے بچے بھی اور پڑوسی بھی— اور جب ہم ماں کو جلا پھونک آئے تو ہمارے دلوں سے نکل کر اس نے پہلے کے مانند ہمارے لیے بھانت بھانت کے پکوان

بنانے جنھیں ہم نے خوب سیر ہوکر کھایا اور ایسے سوئے کہ سورج سر پر آ جانے پر بھی ہماری آنکھ نہ کھلی۔ مُردوں کو جاگنا تھوڑا ہی ہوتا ہے— ماں!— میں بھی مر چکا ہوں ماں۔ پھر بھی تم کہیں نظر کیوں نہیں آتیں؟

میرے دوست مجھ سے تادمِ آخر پوچھتے رہے، تمھیں معلوم ہے تمھاری کتنی کہانیاں تمھاری ماں نے پوری کی ہیں؟— میں انھیں کیا جواب دیتا؟ ماں کا یہی اصرار تھا— تم بیٹھے رہو جی، تمھیں کچھ کرنا دھرنا تو آتا نہیں، جو کرنا ہے میں آپ ہی کرلوں گی۔

واقعی میری ماں ہی ہمارا سب کچھ کرتی رہی۔ پہلے بابا کا، جو بڑے معصوم اور مفلس تھے، —. چارگی کے بت جیسے۔ میرا خیال ہے اگر وہ اتنے معصوم نہ ہوتے تو شاید میری طرح کہانی کار ہوتے۔ وہ چل بسے تو ماں نے اپنی ساری توجہ مجھ پر صرف کرنا شروع کردی، پھر میرے بچوں پر، جنھیں شاید آج اپنے 'اہم' کاموں میں یاد ہی نہیں رہا کہ انھیں کس نے اونچا کیا— اور اس طرح میری ماں ہم سبھوں کا کچھ نہ کچھ کرتے ہوئے پاگل ہوگئی اور پاگل ہوکر ہمیں کوئی اور ہی معلوم ہونے لگی، اور ابھی ہم کسی نتیجے پر بھی نہ پہنچے تھے کہ وہ پاگل پن میں ہی اپنے نتیجے پر پہنچ گئی اور انجانے ہی انجانے میں ہمیں متاسف چھوڑ کر ایسی گئی کہ پھر لوٹ کر نہ آئی۔

میں اکثر اپنے آپ سے یہ جاننے کا متمنی رہا ہوں کہ میں نے اپنی زندگی اتنے مجرمانہ احساس کے ساتھ کیوں بسر کی۔ کیا اس لیے کہ میں نے ان قدروں کی جارحانہ پیروی نہ کی جو میں نے وارداتی طور پر زندگی سے اخذ کیں؟— اس لیے، کہ زندگی مجھے پیٹ پیٹ کر سمجھاتی رہتی کہ آگے بڑھنے کی خواہش ہو تو بڑی شرافت سے چپ چاپ پیچھے ہٹ جاؤ— بھوک سے دم بھی نکل رہا ہو تو یہ رِجھے ہوئے نظر آؤ (اسی لیے ابھی تک مرغوب کھانوں کی طرف ہاتھ بڑھاتے ہوئے مجھے پکڑے جانے کا خوف لاحق رہتا ہے)— کسی کو پیٹنا ہی ہو تو صرف اپنی خواہشوں کو پیٹو (میری خواہشوں کی سوجن بڑھتی چلی گئی)— ہمیشہ اپنے گناہوں کی معافی مانگتے رہو (مجھے گناہوں کا کوئی موقع ہی کب نصیب ہوا؟)— شریف

آدمی سدا ہاتھ باندھے رکھتا ہے (میرے ہاتھوں کی رسیاں ٹوٹ گئیں مگر ہاتھ بندھے رہے)— درس!— درس ہی درس!— وارداتیں کچھ اور، درس کچھ اور— سوجو ہوا، اس کے سوائے اور کیا ہوتا؟ زندگی کا پورا پاس رکھنے کے باوجود میں زندگی سے بھاگتا پھرا، چوری چوری جیتا رہا۔ اسی کا نام تو موت ہے، مگر مرے بغیر مجھ سے کہانیاں لکھنا کیوں کر ہوتا؟۔

(۲)

(ا)

کہانیاں؟— میرے بعض بہت پڑھے لکھے دوست میری کہانیوں کے ذکر پر کھلکھلا کر ہنس پڑتے، چلو بھئی، پہلے اسے اپنی کہانی سنا کر خوش ہو لینے دو۔ بات ہم بعد میں کرلیں گے— ان بے عقل علماء کو پتہ نہیں ہوتا کہ باتیں خالی خولی باتیں ہوتی ہیں۔ اعلیٰ سے اعلیٰ علم بھی جب تک کسی گھٹنا میں گھٹ کر پیش نہیں آتا، اس وقت تک بے سیاق اور غیر آباد کار ہونے کے باعث بامعنی نہیں ہوتا۔ ایسا نہ ہو تو وہی ایک سچائیاں ہر نئے دور کے سیاق میں ازسرنو پیدا ہو کر نئے معانی اختیار نہ کرپائیں۔

میرے اورنگ آباد کے قیام کے دوران نئی کہانی کا بڑا چرچا تھا۔ ہم سبھی نیوں کا فکشن کے نئے امکانات کی ٹوہ میں نکل پڑنا عین فطری تھا، تاہم اپنی سرگرمی— قابلِ قیاس سرگرمی میں کہانی کو وقوعے کے کھلے میں پاؤں پاؤں نبٹتے جالینے کے بجائے ہم راستے میں علوم کی بکتربند گاڑیوں میں جا براجمان ہوئے اور درس گاہوں میں اتار دیے گئے— اب یہاں اطمینان سے کتابیں دیکھ دیکھ کر کتابیں لکھتے رہو— بہرحال اس سے یہ فائدہ تو ہوا کہ لکھنے والوں میں بھی پڑھے لکھے نظر آنے لگے، مگر اس سارے دوران نئی زندگی کی مستند کہانیاں اپنے شباب میں، بیابانی جھاڑیوں میں اوجھل پڑی رہ گئیں--- چلیے، یوں بھی کنواریاں آج عین شباب میں اپنا بیاہ نہیں رچاتیں۔ پہلے کی بیاہتاؤں کو چھوڑیے۔ وہ تو کچی عمر میں بھی مانگ کو سندور سے لہولہان کیے رکھتی تھیں۔ رچے بسے وصل کی لذتیں

بہرصورت ذرا پکی عمر کی دین ہے، چنانچہ نئے لکھنے والوں کو بھی جب کتابی ہو ہو کر سانس لینے میں الجھن ہونے لگی تو وہ اپنے عمامے اتار کر آخر ننگے سر علوم کی قلعہ بندیوں سے نکل پڑے تاکہ کتابوں سے کتابیں لکھنے کے بجائے وہ بے حرف زندگی پڑھ پڑھ کر، جانے پہچانے کو جی کر زندگی کے بطن سے ایسی ذی جان کہانیاں پیدا کریں، جو ہر ذی جان کے مانند اپنی زندگی خود آپ کر کر کے بڑی ہوتی چلی جاتی ہیں۔

سیدھے راستے پر یہ پریشانی رہتی ہے کہ ہم گمراہ نہیں ہوتے اور بھٹک بھٹک کر ہمارا کسی ایسے مقام پر جا پہنچنا نہیں ہوتا جو ہمارے خواب وخیال میں بھی نہ ہو اور جہاں پہنچ کر ہمارے تحیرات کا سماں بندھ جائے۔ اس لحاظ سے مجھے اورنگ آباد کے دنوں کی گمرہی بہت محبوب ہے۔ راہِ مستقیم پر تو ہم اپنی منزل سے پہلے سے ہی واقف ہوتے ہیں اور وہاں پہنچنے سے پہلے ہی وہاں ڈیرا ڈالے ہوتے ہیں۔ کولمبس اپنا راستہ نہ کھوتا تو اسے کیوں کر پتہ چلتا کہ اسے وہاں پہنچنے کے بجائے دراصل یہاں آنا تھا۔ میری بھی گہرے پانیوں کی سائیں سائیں میں بھولے بھٹکے یکبارگی ٹمٹماتی روشنیوں کے ان چھوٹے چھوٹے جزیروں تک رسائی ہوگئی — کچھوا، بازیافت، رسائی، بازیچۂ اطفال، ہرابھے، پیچھے، ربط کا انعقاد — اور ان کہانیوں کے جزیروں سے کچھ ہی فاصلے پر جادو، بیک لین، پناہ گاہ، تیسری دنیا — اور بھی کئی کہانیاں بڑے شکایتی انداز میں میرے سامنے آکھڑی ہوئی ہیں — میں بھی! —

خدا کرے یہ بالائیں اپنی پوری عمر بھوگیں: میری مشکل یہ تھی کہ ابھی تک میں اپنی 'میں بھی' سے آزاد نہ ہو پایا تھا۔ رامائن میں مہارشی والمیکی کا خیال بھی نہیں آتا — وہاں تو صرف رام جی کی طرف ہی دھیان جاتا ہے۔ مہابھارت میں گیتا کے اشلوک — کون جانے — کس نے رقم کیے تھے، جن پر کان دھرنے والا کرشن ہی کرشن کی دھن میں کھو جاتا ہے، مگر یہ بھی تو ہے کہ مجھے اپنی کوتاہیوں کا اسی لیے احساس ہوا ہوگا کہ میں کوتاہ تھا۔ بڑا ہوتا تو اپنی کوتاہیوں کے شعور سے بہرہ ور کیسے ہوتا؟ میرے نقادوں کے اپنے الگ اسباب ہوں گے کہ وہ مجھے اس چھوٹے پن میں پنکچر کرنے کا کوئی موقع نہ کھوئیں، تاہم میں

پنکچر کیے جانے کے باوجود سرپٹ دوڑتا رہا اور تارتار ہوتا رہا۔ یہ واردات رونما نہ ہوتی تو میری میں بے میں ہونے سے رہ جاتی اور مجھ پروانہ ہوتا کہ ہمارا پیدا کرنے والا کیوں اپنی کائنات میں صرف کائنات کو ہی پیش کرتا ہے، کہ وہ خود آپ کیوں ساری کائنات میں یکسر غائب ہے، اور یہ کہ تخلیق کیوں کرتم ہی تم کے جاپ سے وجود میں آتی ہے۔

خدا کا شکر ہے کہ اپنی نجی موت کے ادراک نے مجھے گوناگوں زندگی کی راہ پر ڈال دیا۔

(ب)

اگر میں اورنگ آباد نہ چھوڑتا تو— میری بیوی کا خیال تھا اور مجھے اس سے اتفاق ہے— میرے کالج کے آقاؤں کو مجھ سے تمام تر محبت اور اس سے بھی بڑھ کر میری کارکردگی کے اعتراف کے باوجود بڑی مایوسی ہوتی۔ ان کا خیال تھا— اپنا یہ خیال انھوں نے مجھ پر کبھی ظاہر نہیں کیا— کہ میرے غیر مراہٹی ہونے سے ان کے آئندہ پلان کی تکمیل کا سدِ باب ہوگا۔ دیکھا جائے تو اعلیٰ تعلیم کی ایک ایسی درس گاہ کی اتنے سال سربراہی کرتے ہوئے جو مقامی لوگوں کے نزدیک مراہٹی زبان وتہذیب کی علامیہ بھی تھی، مجھے مراہٹی بھاشا کو سیکھ لینا بھی اپنے فرائض میں شامل کر لینا چاہیے تھا۔ مگر یہ بھی ہے کہ میرا سارا کام میری انگریزی اور اردو اور محبت کے ذریعہ بھی بہ احسن وخوبی انجام پا رہا تھا اور میرے مراہٹی نہ بول پانے سے طلباء اور اسٹاف سے میرے ابلاغ میں ذرا بھی کمی واقع نہ ہوئی تھی۔ محبت کے بول کسی بھی زبان میں سیدھے دلوں میں جا اترتے ہیں، جہاں کہ ایک ہی زبان کے بولنے والے آپسی تال میل کی غیر موجودگی میں فی الحقیقت الگ الگ زبان بول رہے ہوتے ہیں اور ایک دوسرے کو سمجھنے سے قاصر رہتے ہیں۔ جانور تو ہر انسانی زبان سے نابلد ہوتے ہیں، پھر ہر کسی کو کیسے چپ چاپ سمجھ جاتے ہیں اور بہ آسانی اپنے دل کی بات سمجھا بھی جاتے ہیں۔ ایک فن کار ہونے کے ناطے بھی مجھے سدا الفاظ کی خارجی خلل اندازی سے چڑسی رہی ہے۔ فن اور زندگی ہر دو میں بات بنے تو تبھی بنتی ہے جب الفاظ منہ

چھپائے ہوئے سے لگیں اور سب کچھ کرنے جوگنے کی سطح پر ہوتا چلا جائے۔

میرے لیے پیشہ وری سے نجات حاصل کرنا اب اس لیے بھی لازم ہوتا جا رہا تھا کہ ان لکھی کہانیاں مجھے بھوتوں کے مانند گھیرے رکھتی تھیں، مگر جب میرے طلباء نے شکایت کی ہم بھی تو آپ کی ان لکھی کہانیاں ہیں تو میں شرمندہ سا ہو کر انھیں سمجھانے لگا کہ انھیں خود آپ اپنے آپ کو لکھنا ہے۔ اس وقت ایک طالب علم نے نہ معلوم کیا سوچ کر ڈھیلے سے وہی کہا جو یورپ کے ماہرینِ ساختیات منہ پکا کر کے کہہ رہے تھے "کہانیاں بھی تو خود آپ ہی اپنے آپ کو لکھتی ہیں"۔

(۳)

یقین کیجیے کہ مجھے اپنے پچھلے چاروں جنم ہو بہو یاد ہیں۔ پہلے میں سیالکوٹ میں پیدا ہوا اور بائیس برس کی عمر تک جیا۔ پھر انبالہ میں میری پیدائش ہوئی اور ابھی میں کوئی ڈیڑھ برس کا ہی تھا کہ میرا انتقال ہو گیا اور میں نے نیروبی میں آنکھ کھول لی اور اورنگ آباد میں میرے چوتھے جنم کے دوران میرے ایک دوست پروفیسر صفی الدین صدیقی نے مجھے بتایا کہ تمہارے پرکھ ضرور کبھی نہ کبھی یہیں آ بسے ہوں گے اور یہیں ڈھیر ہوئے ہوں گے، ورنہ تم سمندر پار سے ایک یہیں کیوں آتے؟— اجنتا ایلورہ کی بعض تصویروں میں ڈھیروں عام لوگوں کے اجتماع بھی شامل ہیں۔ میں ان لوگوں میں سے ہر ایک کے چہرے پر اپنی نظریں گاڑ کر سوچتا، یہی میرا پہلا پرکھ تو نہیں جو قدروں سے قطعِ نظر صرف پیٹ کی آگ بجھانے کے لیے بڑی معصومیت سے کرشن یا کنس کے ساتھیوں میں شامل ہو گیا تھا؟ اور اب اپنے اس پانچویں جنم میں میں دلّی میں آ پیدا ہوا۔ مجھے لگتا تھا کہ میں کسی پچھلے جنم میں بھی ضرور یہاں آیا کرتا تھا۔ سب کچھ دیکھا بھالا سا لگتا تھا، جیسے وہی کچھ بدل کر یہ صورت اختیار کر گیا ہو۔

دلّی بے پیسہ لوگوں کو اپنے سے باہر پھینک دیتی ہے۔ میں بھی شاید کہاں ہوتا، مگر یہاں آئے مجھے پورا ایک سال بھی نہ ہوا تھا کہ مجھے لندن سے ایک چٹھی آئی کہ بچپن کی عمر

پر پہنچتے ہی میری کینیا کی چودہ سالہ نوکری کی پنشن اتنی بڑھادی جائے گی کہ میری اورنگ آباد کی پرنسپلی کی تنخواہ سے بھی زائد ہوگی۔ پھر بھی ہم نہیں مانتے کہ پچھلے جنم کے کرموں کا پھل ہم اس جنم میں بھوگتے ہیں۔ میرے ساتھ تو یہ بھی ہوا کہ اس جنم کا دیکھا ہوا میں نے اس جنم کی زندگی کے حوالے سے لکھا۔ مچاکوس نیروبی سے چند ہی میل پر واقع ہے۔ وہاں کے ایک بلائنڈ ہاؤس میں گھپ اندھیرے چہروں پر پھٹی پھٹی اندھی آنکھیں میرے دل و دماغ میں پیوست ہوگئیں اور پھر کئی سال بعد ہمعصر ہندوستان کی گھور سیاہیوں میں مجھے اپنا پورا ملک ایک بلائنڈ ہاؤس معلوم ہونے لگا اور ہم سب اپنی آنکھوں کے باوصف عادتاً نابینا— اور یوں دیکھ دیکھ کر لکھنے کے بجائے میں اندھیرے میں ٹٹول ٹٹول کر اپنے ناول ''نادید'' کی تخلیق میں جُٹ گیا۔ میرے ایک دوست نے اسے پڑھ کر مجھ سے کہا تھا کہ پہلے تو اس ناول میں داخل ہونے کا راستہ ہی نہیں ملتا اور پھر داخلے کا سراغ پالینے کے بعد باہر نکلنے کی راہ سجھائی دینے میں نہیں آتی۔ میں یقیناً کسی ریڈر سے سفارش نہیں کروں گا کہ اسے مطالعے کے لیے ہاتھ میں لے لے۔

دلی آکر مجھے یہ سہولت فراہم ہوگئی کہ کہانیوں کے ساتھ پڑے پڑے ایک پورا یگ بتادوں۔ یہی وجہ ہے کہ میرا یہ تمام عرصہ گھر سے باہر ہی گزرا اور میری خیریت کی اطلاع دوستوں کو میرے کرداروں کے ذریعہ ہی بہم پہنچتی رہی۔ ان دوستوں میں جو نقاد تھے وہ کبھی اتفاقیہ ملاقات پر چھوٹتے ہی میرے کرداروں کے ان ہونے پن کی شکایت کرنے لگتے۔ اب میں کیا کہتا۔ نقاد حضرات واقعیت کا ذکر اس اصطلاح کے جامد معانی میں کرتے ہیں۔ سچائی یہ ہے کہ ہر کہانی کا کوئی وقوعہ یا کردار بذاتِ خود قابلِ یقین ہوتا ہے، نہ ناقابلِ یقین، بلکہ جیسا بھی ہوتا ہے کہانی کے حوالے سے ہوتا ہے، جیسے ہم، یا ہمیں جو کچھ بھی پیش آتا ہے، ہماری مخصوص زندگی کے حوالے سے۔ اگر کسی کہانی کا کردار کہانی میں واقعی بس جائے تو بظاہر اَن ہونا معلوم ہونے کے باوجود سچ مچ ہوتا ہے اور کہانی اسی کی ٹبع زاد منطق کے مطابق ناگزیر طور پر انجام پاتی ہے۔

کوئی دو سال پہلے اپنا نیا افسانوی مجموعہ ''کھلا'' پیش کرتے ہوئے میں خاص طور پر اس تخلیقی تناؤ میں مبتلا رہا کہ میری افسانوی کائنات کا سلسلہ کتاب سے نکل نکل کے باہر سے کچھ اس طرح ایک جان ہو جائے کہ وہ یہ لگے اور یہ وہ۔ اس مجموعے کی کہانیاں، عفریت، بو، وادیاں، کوئی نجات یا باشندے، اور اس مجموعے کے بعد کھودو بابا کا مقبرہ، مہاجر یا شاید جیسی کہانیاں لکھ کر مجھ پر فکشن کے کئی نئے امکانات روشن ہونے لگے ہیں۔ مجھے مر کر بھی بہر حال فکشن کے ہر امکان کی راہ پر مگن چلتے جانا ہے۔ میں جیتے جی بھی اپنے وجود میں کہاں رہا؟ جتنا جیا اپنے کرداروں کے وجود میں۔ اب مر کھپ کر اپنی ادھوری خواہشیں پوری کرنے کے لیے آئندہ لکھنے والوں کے وجود میں جا پناہ لوں گا۔

(۴)

سارا قصہ یہ ہے کہ میری موت نہ معلوم کب واقع ہوئی! اس کے باوجود میں سانس لیے جا رہا ہوں۔ شاید اپنے بجائے میں اپنا وہ کردار ہوں جو نام اور شکل بدل بدل کے ہمہ وقت زندہ رہا اور ہنس ہنس کے لوگوں کو سمجھاتا رہا، سیدھی سی بات ہے، میرے مانند بس یہ کرو کہ موت کی سمجھ میں نہ آؤ۔

◆◆◆

جوگندر پال کا فنّی اسلوب

ساتویں دہائی میں اردو افسانے میں جو چند نئی توانا اور چونکا دینے والی آوازیں ابھری تھیں، ان میں سے بیشتر شہاب ثاقب کی طرح چمک کر تحلیل ہوگئیں یا پھر آٹھویں دہائی کی نئی کھنک دار آوازوں کے ہجوم میں دب گئیں۔ لیکن ان میں ایک آواز ایسی ضرور تھی جو آہستہ آہستہ کچھ پُر اسرار، لیکن اس سے زیادہ پُر اعتماد اور پُر عزم انداز میں ابھرتی ہی گئی۔ نکھرتی ہی گئی، وہ بکھری مگر ڈوبی نہیں۔ اور آخر آخر تو اس میں ایسا کساؤ اور ٹھہراؤ، بے ساختگی اور پختگی پیدا ہوگئی کہ لگتا ہے کہ جیسے وہ انسانی وجود کے پاتال سے نکل کر آرہی ہو۔

یہ آواز جوگندر پال کی آواز ہے۔

اپنے وطن کی آزادی کے بعد بھی وہ تاج برطانیہ کا ملازم اور اس کی زبان و ادب کا معلم ہو کر چودہ سال تک افریقہ میں جلاوطن رہا— ''ذہن میں یہ تمام عرصہ ایک شوریدہ سی خاموشی طاری رہی۔ افریقہ میں اتنی مدت اقامت میں یہی محسوس ہوتا رہا کہ یہاں سے گھر لوٹنے کا انتظار کر رہا ہوں۔ اس طویل انتظار نے مجھے سدا منتظر رہنے کا عادی بنادیا۔ ہر تین چار سال بعد افریقہ سے چھٹی پر ہندوستان آنکلتا۔ اور ہر بار یہ ارادہ کر کے نکلتا کہ اب کے واپس افریقہ نہ جاؤں گا، مگر ہالی ڈے ختم ہونے سے چند روز پہلے واپسی کا خیال راحت آگیں معلوم ہونے لگتا اور لوٹ جاتا اور وہاں پہنچ کر آئندہ چھٹی کا انتظار کرنا شروع کردیتا''۔

جلاوطنی کی یہ شوریدہ خاموشی بڑی ہیجانی اور طوفانی تھی۔ اپنی دھرتی اپنی جڑوں سے دور یہ اپنی شناخت کی متلاشی تھی۔ اندھیرے میں ایک ایسی روشنی کی جویا جو اس کے وجود کو معنویت سے منور کردے۔ اس خلا کو پر کرنے اور کوئی جہت پانے کی خاطر، اس نے یورپ

کے علوم وفنون اور جدید افکار ونظریات کے لیے اپنے وجود کے سارے دریچے کھول دیے۔

''یہ خالی خالی شخص اپنے چہرے میں صاف نظر آتا ہے۔ اُن کی ہر سوچ، ہر عمل اس کا اپنا ہوتا ہے۔ اس کی اپنی مخصوص سادہ سی شخصیت کا اظہار۔ لیکن جس طرح خالی مکان میں مکین آجائیں تو مکان کی اپنی شخصیت اس کے وجود سے خالی ہو جاتی ہے۔ اسی طرح جو شخص خالی نہ رہے اور اس کے اندر اجنبی علوم کا کنبہ آباد ہو جائے تو بے چارہ بے شخصیت ہو کر رہ جاتا ہے۔ میرے اندر ایک نہیں کئی مہاجر کنبے ہیں۔ یہ علوم میرے اندر بس جانے کی نیت سے نہیں رہ رہے بلکہ کہیں سے جان بچا کر یہاں کیمپ کرنے کو آجاتے ہیں... دن رات اودھم مچا مچا کر میرے وجود کی توڑ پھوڑ میں لگے رہتے ہیں۔ میرے دروازے اور کھڑکیاں جگہ جگہ سے ٹوٹ گئے ہیں دیواروں سے بھر بھری مٹی نکل رہی ہے اڑتیس برس کی عمر میں ہی ان وحشیوں نے میرا اچھا بھلا وجود بوسیدہ بنا کے رکھ دیا ہے... مجھے معلوم ہو رہا ہے کہ میرے اندر آتش زدگی کی وارداتیں ہونے لگی ہیں۔ ان آوارہ علوم کا آپس میں دنگا شروع ہو گیا ہے''۔ (بازیافت)

جلاوطنی اور تنہائی کے عالم میں علم وآگہی کی اس پیکار نے جوگندر پال کے وجود کو نہ صرف بھرا پُرا سا رکھا بلکہ توڑ پھوڑ اور انسانیت کی پیکار کو سمجھنے کا سلیقہ بھی دیا۔ اسے ایک ایسی دانش (Wisdom) عطا کی، جو آفاقی تناظر میں حقائق کو دیکھنے اور برتنے پر اصرار کرتی ہے لیکن شناخت کی یہ منزل تو داخلی شکست وریخت کے مراحل طے کرنے کے بعد آئی۔ اس کا پہلا مرحلہ نیروبی کے افریقی عوام کی دکھ بھری زندگی میں شمولیت کی کوشش تھی۔ ان کی صدیوں کی ذلت وخواری، محرومیوں اور فاقوں کی زندگی سے وہ مانوس ہوئے۔ جس کے دھندلے سے نقوش ان کے پہلے مجموعے ''دھرتی کا کال'' میں بکھرے ہوئے ہیں، لیکن افریقی عوام کی غلامی اور غربت سے گہری ہمدردی کے باوجود ان کی تہذیبی اور سماجی زندگی کی زیریں لہریں اور تہوں میں غوطے نہ لگا سکے۔ اس لیے ان کا ذہن اگر نئے انسانی علوم کی رزمگاہ تھا تو اس کا تخیل اپنے ماضی اور اپنے وطن کی طوفانی کشتیوں میں ہچکولے کھا رہا تھا۔ وہ دور کا رہ کر ان کے ساتھ جی رہا تھا اور مر رہا تھا۔ یہ فن کار افریقہ میں رہ کر اپنے جن

قارئین کے لیے لکھ رہا تھا، جن کے بارے میں سوچ رہا تھا، تڑپ رہا تھا، جن کے دکھ سکھ کے تصور سے ہی اس کا دل دھڑک اٹھتا تھا وہ اس سے ہزاروں میل دور تھے— ''کینیا میں اتنے سال قیام رہا لیکن دل و دماغ ہمیشہ بھاگ دوڑ کے عالم میں رہے۔ گویا ہم کسی ایرپورٹ کے ویٹنگ روم میں پڑے ہوں کہ ابھی ہوائی جہاز آئے گا اور اڑا کر گھر لے جائے گا''۔(پچھوا)

اس پیہم انتظار اور کشاکش، غریب الوطنی اور تنہائی کے خالی پن نے جوگندر پال کو، شکر ہے کہ دروں بیں تو نہیں دروں فکر اور دُروں گو بنا دیا۔ یعنی اپنے اندر ہی اندر سوچنے اور اندر ہی اندر باتیں کرنے کی لت سی پڑ گئی۔ مغربی علوم وافکار نے ان کی سوچ اور خود کلامی کو منطق ہی نہیں ایک معیار و کردار بھی دیا تھا۔ شام کے سنہرے مغربی افق کی طرح اسے ایک بلند اور وسیع تناظر سے ہمکنار کیا تھا۔ اس طرح کہ مغربی کہانیوں کے پسندیدہ موضوعات عشق و عاشقی، عاشقوں سے دنیا کی ازلی دشمنی جیسی لذت پرستی، اذیت کوشی، زندگی پر موت کی برتری، نیکیوں پر بدی کی فتح یابی، تاریخ کی جبریت، صنعتی ترقی کے آشوب میں انسان کا کھوکھلا پن اور غاروں کی طرف مراجعت وغیرہ انھیں بڑے ہیچ معلوم ہوتے۔ ان کی سچائی بھی پال کو زیادہ اپیل نہیں کرتی۔ اس لیے کہ تیسری دنیا کے جن دو خطوں سے ان کا تعلق تھا اور جو ان کے ذہن و تخیل کو سیراب کیے ہوئے تھے ان کے افکار و تاملات کا اصل سرچشمہ یہی اجاڑ بستیاں اور ان کے مکین تھے۔ اب وہ انسان اور انسانیت کے مقدر کو بھی ان ہی ویرانوں کے تناظر میں دیکھ رہے تھے۔ لیکن یہ دید و دریافت پندرہ سال کی جلاوطنی کی بنا پر بڑی حد تک فکر و تصور کی جسارت اور امارت تک محدود تھی۔ ماضی کے Nostalgia اور فکر مغرب کی گھس پیٹھ نے پال کو اور بھی پیچیدہ بنا دیا تھا۔ اس لیے ساتویں دہائی میں انھوں نے جو افسانے لکھے ان میں اسی تجرید و تخیل کے عنصر کی فراوانی ہے۔ ''میں کیوں سوچوں'' اور ''مٹی کا ادراک'' کی بیشتر کہانیوں میں ایک عبوری عہد کی فکری یافت اور اپنی بازیافت کا عمل ملتا ہے۔ 'لیکن' کی بیشتر کہانیوں— جیسے بھوک، پیت، پادشاہ— جو ہے سو ہے اور بازیچۂ اطفال۔ میں بھی زیب لب سوچنے اور نیم شعوری خود کلامی کا انداز غالب ہے۔ یہاں سوچ کی روانی اور فراوانی کہانی کو اس طرح بھینچتی ہے کہ غریب کا دم نکل جاتا ہے۔

لیکن اسی مجموعہ کی دوسری کہانیوں 'باہر کے بھیتر'، 'ہم جنس'، طور اور پاتال' میں سوچ فن کار کے تخلیقی شعور کے تابع ہو کر فن کاری کے ایک اچھوتے Pattern میں ڈھل جاتی ہے فکر کی دھیمی دھیمی آنچ سے ان کہانیوں میں ایسی جاندار تصویریں، ذی حس پیکر اور کردار ابھرتے ہیں، جن کی تخلیقی وحدت اور تہہ داری معنی کے کئی دائرے بناتی ہے۔ اس کے تلازمے، حاشیے اور حوالے فن کاری کے بجائے قاری کا حشر خیال بن جاتے ہیں۔ بڑا فن کار زندگی کے جن گورکھ دھندوں میں الجھا رہتا ہے الفاظ کی منحنی لکیروں سے ان کا ایک دلفریب جال بن کر قاری کے ہاتھ میں پکڑا دیتا ہے۔ جوگندر پال اس رمز سے آشنا ہو گئے تھے۔ 'باہر کے بھیتر' کا کتا ایسا لگتا ہے کہ سڑک پر نہیں ہمارے اندر بھونک رہا ہے یا پھر ہم اس کے اندر بھونک رہے ہیں۔

''وہ سوچ رہا ہے کہ اسے اس پار جانا ہے اور یہ کہ اسے کئی سال سے، شروع سے ہی اُس پار جانے کا انتظار ہے۔ لیکن اس کا وہاں جانا نہیں ہو رہا ہے۔ وہ ازل سے وہیں کھڑا ہے۔ اِدھر اُدھر دیکھے جا رہا ہے۔ اور درمیان میں یہ زندگی حائل ہے جو اس لمبی سڑک پر بیک وقت مخالف سمتوں پر دویدہ ہے۔ وہ بیچ سے گزر کر ادھر جائے تو کیوں کر؟''۔

یہ نفرت، حقارت اور بھوک کا مارا ہوا ہر طرف سے دھتکارا ہوا بے شرم کتا اپنی غیر انسانی بہیمیت کو اس طرح منکشف کرتا ہے کہ تیسری دنیا کے ننگے انسان کی تصویر کھنچ جاتی ہے۔ صرف ایک اقتباس دیکھیے:

''خیال ہی خیال میں کتنا بڑی محبت سے اپنی محبوبہ کے زخموں کو چاٹنے لگا ہے۔ اور چاٹتے چاٹتے اسے کتیا کے خون کا ذائقہ اتنا اچھا لگنے لگا ہے کہ اس نے فرطِ محبت سے پھر اپنے دانت اس کے زخموں میں گاڑ لیے ہیں۔ دراصل ہوا یہ ہے کہ گندگی کے ڈھیر کو کرچ کرچ کریدتے ہوئے اس نے ایک ننگے انسانی بازو کو کاٹ لیا ہے جو ڈھیر میں اس طرح پڑا ہے جیسے دیگر غلیظ اشیاء۔ اور دھڑ کے عقب سے ایک انسان چیخ کر اٹھا ہے، اور کتا بھاگ نکلا ہے اسی طرف — جدھر سے آیا ہے۔ اور اس کے پیچھے پیچھے وہ آدمی چیخ چیخ کر دوڑ رہا

ہے— پکڑو— مارو‘‘۔

’’بے گور‘‘ اور ’’تیسری دنیا‘‘ جیسی کہانیوں میں بھی کتے اور انسان کی یہی دوڑ اور دارو گیر نظر آتی ہے۔

انسان کے استحصال اور اس کی ذلتوں کے کرب کا یہ زہر جوگندر پال کی ان گنت کہانیوں میں تارو پود کی طرح بُنا ہوا ہے۔ مہاتما گاندھی کے بارے میں کسی نے سچ کہا تھا کہ اگر جنوبی افریقہ میں وہ رنگ ونسل کے نام پر ہونے والے ظلم و ذلت کو برداشت نہ کرتے تو ہندوستان میں چھوت چھات اور ہریجنوں پر ظلم و جبر کے خلاف اتنی بڑی تحریک نہ چلاتے۔ جوگندر پال نے بھی اس ذلت کا ذائقہ چکھا ہے۔ رنگ ونسل اور مذہب کے نام پر نہ صرف افریقہ، یورپ اور امریکہ بلکہ ہندوستان میں بھی انسانوں کے ساتھ جس وحشیانہ امتیاز کا سلوک روا رکھا جاتا ہے، اس کی بیکراں اذیت سے جوگندر پال کی روح ہمیشہ بوجھل اور بے چین رہتی ہے۔ ’’آمد و رفت‘‘ سے ’’پناہ گاہ‘‘ تک بے شمار کہانیوں میں یہ کرب آسیب کی طرح ان کا پیچھا کرتا ہے۔ یہ کوئی ایک تجربہ نہیں ہے جس کا بھرپور اظہار کر کے وہ اس سے نجات پالیتے۔ یہ تو ساری دنیائے انسانیت کا ایسا تجربہ ہے جس سے وہ ہر لحظہ گزر رہی ہے۔ اور ایک بڑے فن کار کی طرح جوگندر پال نے بھی انسانیت کے اس اجتماعی اور باطنی کرب کے تواتر سے اپنے روحانی وجود کو ہم آہنگ Identify کرلیا ہے۔ یہ عجیب بات ہے کہ آٹھویں دہائی میں جیسے جیسے جوگندر پال اپنی شخصی انفرادیت کے حصار سے نکل کر اجتماعی زندگی کے مظاہر سے مانوس اور معروضی حقیقتوں کی ڈرامائیت سے مسحور ہوتے جارہے ہیں۔ اسی نسبت سے ان کے افسانوں میں فنی اور جمالیاتی تکمیل کے عناصر کا اضافہ ہوتا جارہا ہے۔ اس کا سبب شاید یہ ہو کہ آشوب خیال اور حشر احساس کی آزمائشوں سے گزر کر وہ تزکیۂ ذات کی اس ارفع منزل تک پہنچ گئے ہیں جہاں وہ انسانی مقدر سے تعلق رکھنے والی ہر شے، ہر عمل اور ہر جذبہ سے اپنے وجود کو ہم آہنگ کرنے میں کامیاب ہوجاتے ہیں۔ ’دریاؤں کی پیاس‘ کی باؤلی بوڑھی ماں کی تنہائی کے عذاب کو جھیلے بغیر وہ اس کی روح کے نہاں خانوں تک کیسے پہنچ سکتے تھے۔ ’سواریاں‘ کا شیام اور ’بے محاورہ‘ کا دیشو بھی جو شہر گزیدہ اور پیچیدہ کردار ہیں۔ مصنف کے اپنے وجود سے گزر کر ہی اس قالب

تک پہنچتے ہیں۔ اور پھر 'باز دید'، جادو، کٹھ پتلیاں اور پناہ گاہ جیسی شاہکار کہانیاں اس حقیقت کا ثبوت ہیں کہ اگر ایک آج کی اردو کہانی شخصی داخلیت پسندی کے ہاتھوں سطحی رومانیت اور نامقبولیت کا شکار ہے تو دوسری طرف اجتماعی داخلیت پسندی کا رجحان افسانہ کو آفاقی اور عصری حقائق سے ہم کنار کر کے نئی بلندیوں کی راہ دکھا رہا ہے۔

افسانہ نگار کا اپنا وجود تجربات کی رنگا رنگی اور انفرادی تخیل کی وسعتوں کے باوجود بہت محدود ہوتا ہے۔ ماضی کی یادیں، جذباتی وارداتیں اور ان کے سہارے تخیل کے شامیانے سجا کر بھی کہانیاں لکھی جاتی رہی ہیں (قرۃ العین حیدر کی طرح جوگندر پال نے بھی ابتدائی دور میں اس نوع کی کہانیاں لکھی ہیں) لیکن بڑے اور قدر آفریں فن کی تخلیق تو اسی وقت ہوتی ہے جب آفاق کے سنگرام کو ذات کے نازک شیشے میں اتارا جا سکے اور ماضی یا تاریخ کی وارداتوں کو دانشِ حاضر کے شفاف آئینہ میں دیکھا جائے۔ اور یہ منصب سب کا نہیں، ان ہی تخلیق کاروں کا ہے جو ایک حکیمانہ شعور اور سماجی وژن رکھتے ہوں، جو انسانی خواہشوں اور حقیقتوں کے درمیان کی بے رحم خلیجوں سے برہم اور برگشتہ ہو کر ان کے خلاف احتجاج کرنے کا حوصلہ رکھتے ہوں۔ یہی وہ فن کار ہیں جن کے یہاں کثیر العباد حقیقت، کثیر المعنی ہیئت کو جنم دیتی ہے۔ جن کے یہاں زبان محض میڈیم نہ ہو کر، تخلیقی وحدت میں تحلیل ہو کر اس کا ایک حصہ بن جاتی ہے۔ جوگندر پال کی متعدد کہانیوں میں فن کی اسی تہہ داری اور تکمیل کا احساس ہوتا ہے۔

یہ صحیح ہے کہ آج صنعتی عہد کی حشر سامانیوں کے نتیجے میں انسانی زندگی اور ذہن کی الجھنوں، اذیتوں اور پیچیدگیوں میں جس تیزی سے اضافہ ہو رہا ہے اور ہر لحظہ انسانی تجربات فکر و احساس کی جن جہات اور مکانات کو محیط ہو رہے ہیں، ان کے اظہار کے لیے زبان کا تخلیقی استعمال بھی اب زیادہ ایمائی اور علامتی ہوتا جا رہا ہے۔ یہ ایک ناگریز عمل ہے۔ جن دوستوں نے جوگندر پال کا ناول 'بیانات' پڑھا ہے ان سے یہ حقیقت پوشیدہ نہیں ہوگی کہ اس کی بیانیہ نثر ایک کہانی کے متوازی ایک جہاں معنی بھی بیان کرتی ہے آج کی عالمی تہذیب میں تین قوتوں کے درمیان سنگھرش ہو رہا ہے وہ ہیں سائنس، آرٹ اور زندگی، ناولٹ میں دلیپ سائنس اور ٹکنالوجی کے بخشے ہوئے میکانکی تمدن کی علامت ہے

جواس تمدن کی طرح بے ثمر اور بانجھ ہے۔ تخلیقی فن کار سا ہو آرٹ اور ادب کے تخلیقی مظاہر کا نمائندہ ہے جو آج بھی انسانی قدروں اور جذبوں کو عزیز رکھتے ہیں اور ناولٹ کی ہیروئن سیما خود زندگی ہے جو ان کے دو دائروں کی درمیانی سرحد پر کھڑی ہے علامتی اظہار کا یہی کمال جوگندر پال کی بعض دوسری کہانیوں میں بھی ملتا ہے۔ طوالت کے خوف سے میں یہاں صرف ایک کہانی کا ذکر کروں گا۔

''پناہ گاہ'' بظاہر ایک سیدھی سادی واقعیت پسندانہ اور بیانیہ کہانی ہے۔ ایک پر سکون اور خوبصورت گاؤں کی کہانی جو فسادات کی آندھیوں میں تباہ ہو گیا۔ تقسیم اور فسادات —— ایک پامال سا موضوع جو بظاہر تاریخ کی راکھ میں دفن ہو چکا ہے۔ اس کے باوجود برصغیر کی تاریخ کا یہ المناک سانحہ کروڑوں انسانوں کے دل و دماغ میں آج بھی، سانپ کی طرح پھنکاریں مارتا ہے، اس ایک حادثے نے ہمارے سماجی رشتوں، تہذیبوں رویوں اور جذباتی انسلاکات کی ساری بساط ہی الٹ دی۔ جوگندر پال نے اس فرق کو اس طرح دکھایا ہے کہ ایک گاؤں کی یہ کہانی کروڑوں غریب اور معصوم انسانوں کی کہانی بن جاتی ہے۔

کہانی بڑے سہل سادہ اور بے ساختہ انداز سے شروع ہو کر نقطۂ عروج کی طرف بڑھتی ہے۔

> ''وہ دونوں اچھل اچھل کر اتنی تیزی سے چل رہے تھے کہ جیسے راستے سے بھی پہلے میلے کے میدان میں جا پہنچنا چاہتے ہوں''۔

کہانی میں یہ راستہ ہندو مسلم عوام کی رواداری اور محبت کی زندگی، مشترکہ تخلیقی محنت اور تحریکِ آزادی کا راستہ بن جاتا ہے۔ جو مہربان قدرت کے پہلو سے گزر کر ایک پہاڑی کو عبور کرتا ہے تو سامنے میلے کا میدان ہے۔ یہ میلے کا میدان جشن آزادی کی علامت ہے۔ وہ دونوں فتو اور ویرو (مسلمان اور ہندو) اپنے عشق بلاخیز کی مستیاں لٹاتے ہوئے اس راستہ پر گامزن ہیں۔ گاؤں میں ان کی مثالی جوڑی اور عشق کے چرچے ہیں۔ ان کا بیاہ ہو چکا ہے۔ حکیم سلطان شاہ اور مرزا بھی انھی کا ذکر کرتے ہیں اور کہتے ہیں کہ گاؤں کے سرپنچ ''کنس راؤ'' نے بھی ویرو کے باپ کو یہی سمجھایا تھا کہ بات ہندو مسلمان کی نہیں، بات یہ ہے کہ فتو اور ویرو کی جوڑی کتنی سجل ہے۔ سو ہزار برس بیتتے ہیں تو کہیں اتفاق سے

ایسی جوڑی بنتی ہے''۔ یہ جوڑی میلے کی طرف رواں ہے:

''اپنے گرد و پیش جنگل کے بکھراؤ کو دیکھتے ہوئے فتو کو اچانک احساس ہوا کہ وہ اپنے ذہن میں جھانک رہا ہے اس نے ویرو کی کمر کو اپنے بازو میں لے کر اپنے ساتھ جوڑ لیا۔ دونوں ایک دوسرے سے لپٹ گئے اور لپٹ کر قہقہہ لگانے لگے۔ اور قریب ہی کہیں جھاڑیوں میں بیٹھا ہوا بندروں کا ایک غول ان کی شادماں غراہٹیں سن کر بھاگ کھڑا ہوا...وہ جنگل سے باہر نکلے تو سارا جنگل جیسے ان کے پیچھے پیچھے آتے ہوئے ان کے عقب میں پھیل کر انہیں دیکھتا رہ گیا۔ وہ دونوں ایک دوسرے کے پیچھے دوڑتے ہوئے پہاڑی کی چوٹی پر آگئے اور جوں ہی آئے توں ہی میلہ ان کے دل و دماغ سے لڑھک لڑھک کر یہاں پہاڑی کی جانب آ لگا''۔

میلہ کی رونق، ہماہمی اور رنگینی میں یہ دونوں جوان بھی اپنے وجود کی ساری مستی کے ساتھ کھو جاتے ہیں۔ گاؤں کی خوش مذاق میراثن انھیں دیکھ کر نچھاور ہوتی ہے۔ اچانک گاؤں کے کچھ فرقہ پرست غنڈے ان دونوں جوانوں کو للکارتے اور قتل کردیتے ہیں اور پھر میلے کا سارا میدان ہندو مسلمانوں کے خون سے لت پت ہو جاتا ہے۔ فساد کی آگ سارے گاؤں کو اپنی لپیٹ میں لے لیتی ہے، میراثن اغوا کرلی جاتی ہے۔ سات دن تک لوگ اس کے ساتھ منہ کالا کرتے ہیں۔ گاؤں کا سرپنچ اسے ڈھونڈ کر لاتا ہے وہ راجدھانی میں مہاجرین کے ایک کیمپ کے اسپتال میں بے ہوش پڑی ہے اور جب اسے ہوش آتا ہے تو وہ اپنے مہربان ڈاکٹر سے پوچھتی ہے:

''تمھارا کیا نام ہے بیٹا؟''

''میں یہاں ڈاکٹر ہوں۔ ماں۔ ڈاکٹر نند کشور''۔

''میرا فتو بھی بالکل تمھاری ترا اونچا لمبا تھا''۔

ڈاکٹر اس کے ماتھے پر ہاتھ رکھ کر اس کا بخار محسوس کرنے لگا۔

''ہمارے حکیم صاحب کو خبر کر دو بیٹا۔ میں بھی پاکستان آ پہنچی ہوں''۔

یہ ہے برصغیر کی تاریخ کے سب سے المناک باب کی اصل اندرونی کہانی۔ اس کے

فکر انگیز علامتی پہلوؤں سے قطع نظر پوری کہانی میں کئی ایسے Stage Effects ملتے ہیں جو جوگندر پال کے فن کا منفرد انداز ہے۔ اس کے ذریعے وہ معاندانہ حالات میں انسانی روح کی خوبصورتی بھی دکھاتے ہیں اور اس کے مسخ ہونے کا بھیانک منظر بھی۔ وہ بتاتے ہیں کہ تاریخ کی دیوانگی انسان کو پناہ نہیں دے سکتی۔ اگر دے سکتی ہے تو صرف اس کی محبت، انسانیت، دردمندی اور رواداری — ان کے یہاں شعور کی رو دراصل زندگی کی رو کا انکشاف کرتی ہے۔ داخلی کشمکش تہذیب کے بحران اور معروضی حقیقتوں کے ایسے پہلوؤں کو بے نقاب کرتی ہے جو دوسرے جدید افسانہ نگاروں کے حاشیۂ خیال میں بھی نہیں آتے۔ پھر یہ کہ ان کے یہاں کہانی بیان نہیں ہوتی سامنے — زندگی کے اسٹیج پر وقوع میں آتی ہے۔ ان کے کردار اس اسٹیج سے نکل کر ہمارے حواس کے اتنے قریب آجاتے ہیں کہ ہمیں اپنے وجود میں ان کی سانسوں کا زیر و بم محسوس ہوتا ہے۔

جوگندر پال کی کہانیاں اپنی تکنیک میں منفرد اور اچھوتی ہیں اور اب تو یہ انفرادیت رچ بس کر اتنی روشن ہوگئی ہے کہ کہانی خود بول اٹھتی ہے ''میں پال کی مخلوق ہوں''۔ اس کی شناخت کا خاص اسلوب ایک خاص طرح کی ہم کلامی ہے۔ کبھی وہ اپنے آپ سے ہم کلام ہوتا ہے (بے محاورہ) اور اپنے وجود کے حوالے سے زندگی کی گہری سچائیوں سے آنکھیں چار کرتا ہے۔ کبھی کسی حاملہ ہرنی سے باتیں کرتا ہے (ہرا بھرا) اور حیوان کے سہارے انسان کے ازلی دکھوں کی بپتا سناتا ہے۔ کبھی رامائن سے محوِ گفتگو ہوتا ہے۔ (ربط کا انعقاد) اور محبت کی نفسیات — اور اس کائنات میں اس کی غائتوں اور غتوا، کو بیان کرتا ہے اور آخر میں اعتراف کرتا ہے — ''میں نے اپنے آپ سے ہی مخاطب ہونے کے لیے یہ چٹھی لکھی ہے''۔ اور کبھی وہ پیپل کے وجود میں سما کر پیپل کی کتھا سناتا ہے (کتھا ایک پیپل کی) لیکن حقیقت میں یہ ڈراما انسانی خواہشوں، دکھوں، خوشیوں اور اندیشوں کو ہی بے نقاب کرتا ہے۔ یہ ساری کہانیاں بیانیہ کا ایک نکھرا ہوا روپ ہیں جو عصرِ حاضر کی پیچیدہ حقیقتوں کو نسبتاً سلجھا کر بیان کرتی ہیں۔ ان سب کے پیچھے جو ہمہ داں روای ہے وہ خود جوگندر پال ہے جو کہانی میں دکھائی نہیں دیتا لیکن اس کی دردمندی اور ذہانت کہانی کے ہر لفظ میں جگنو کی طرح چمکتی ہے۔

ان کہانیوں میں فنطاسیہ اور واقعیت پسندی کا ایسا امتزاج ہے جو غیر معمولی تخلیقی حسن کی نشاندہی کرتا ہے۔ نئی کہانی میں بعض دوسرے تخلیق کاروں نے بھی اس انداز کو برتا ہے لیکن ان کا تانا بانا اکثر ڈھیلا اور بے رنگ ہو جاتا ہے۔ جوگندر پال کے یہاں بے ساختگی اور شگفتہ بیانی ایک مرقع سا سجا دیتی ہے۔

''پیپل کی کتھا'' کا یہ ابتدائی حصہ دیکھیے :

''سارے کا سارا پیپل کا درخت کھلکھلا کر ہنس پڑا۔ اور ہنستے ہنستے اس کا قد فٹ بھر اور اونچا ہو گیا۔ پرندوں نے پیپل کی ہلتی ہوئی شاخوں پر اپنے پیر دبا لیے۔ اور ایک کوا کائیں کائیں کرنے لگا۔

''گھبراتے کیوں ہو بھائی۔ اپنا پیپل کا کا ذرا ترنگ میں آگیا ہے اور بس''۔

کا کا ہے کہاں۔ ماں؟ ایک چڑیا کے بچے نے اپنی ماں سے پوچھا۔ اور جواب سننے سے پہلے ہی گھونسلے میں چاول کے ایک دانے کی طرف متوجہ ہو گیا۔

''تمھاری یہ بات مجھے ایک آنکھ نہیں بھاتی چھوکرے''۔ اس کا باپ بولا'' تو پھر دوسری آنکھ سے دیکھو''۔ چڑیا پھر سے اپنے بچے کے قریب آگئی۔ اور پیار سے اپنی چونچ کو اس کے پروں میں گھسیڑ لیا۔ ''تمھارا ہی بچہ ہے۔ یا کم سے کم اپنی ہی ذات میں سے کسی کا ہے۔ کسی کوے کی اولاد تو نہیں۔ اس نے اپنی آواز ذرا آہستہ کر لی کہ آس پاس کوئی اس کے بول کے بھنک نہ پالے۔ پہلے ہی سے سب کو شکایت تھی کہ اس براہمنی کو اپنی اونچی ذات پر بڑا مان ہے۔

''بس جی چپ رہو تم، بچے کی نیا ڈبو کر دم لوگی''۔ ''پھر وہی موٹے آدمی کا کانا سا محاورہ۔ ہمیں نیا دیا سے کیا لینا ہے۔ ہمارے یہ پر سلامت رہیں۔ اس نے اپنے پر پھیلا کر اپنے نر کی طرف آنکھیں مٹکائیں''۔

پوری کہانی میں یہی غیر رسمی لیکن دلچسپ ماحول قائم رہتا ہے۔ پیپل زندگی کا گھنا درخت ہے۔ اس کے پہلو میں صرف پرندے ہی گھر نہیں بناتے۔ شکار کی تلاش میں زہریلے سانپ بھی رینگتے ہیں۔ اور وہ بے بسی سے انھیں دیکھتا ہے۔ اس لیے کہ اس کا آدھا وجود زمین میں دفن ہے اسی لیے وہ نئی نسل کے پودوں کے لیے آرزو کرتا ہے کہ وہ

زمین (روایات) کی گرفت سے آزاد ہوں۔ بے چارگی سے چھٹکارہ پائیں اور اپنی زندگی آپ بسر کریں۔ جوگندر پال کے نزدیک زندگی اس طرح بسر کرنا کہ وہ سزا محسوس ہو خود زندگی کی توہین ہے۔ ان کی اکثر کہانیاں زندگی کے ابدی حسن اور اس کی حرکت کے احساس سے معمور ہیں۔

مشترک اوصاف وعناصر کے باوجود یہ بھی سچائی ہے کہ پال کی ہر کہانی اپنے منفرد بیانیہ کو خود خلق کرتی ہے۔ اس کی رگ وپے میں کہانی کی روح اس کا پیغام غیر محسوس طور پر رقص کرتا ہے اور اس معنی خیز رقص کا آہنگ آہستہ سے قاری کے وجود میں اتر جاتا ہے یہ تخلیقی رویہ پال کے اسلوبِ فن کی جان ہے۔

پروفیسر قمر رئیس